冤家路窄
不意外

Lavender——著

目次

楔子　註定冤家路窄的開始

「我的！這是我先看到的！你不可以跟我搶！」

「亂說！明明就是我的！我還沒吃！而且妳剛剛已經吃三個了！」

「我哪有吃三個！那明明是小美跟婷婷她們吃不下要我幫忙吃的！」

「她們兩個的加上妳自己的，妳就是吃了三個啊！」

「我……我我……」

屬於點心的香甜氣息瀰漫在某所幼稚園裡，但在這樣幸福的時刻，卻有兩道疑似是在吵架的聲音格外清晰。

把距離拉近點，水蜜桃班的點心櫃旁各站了兩個小傢伙，這兩個小傢伙像獅子那般正緊盯眼前的「獵物」，並互不相讓地爭執著。

站離「獵物」比較近的女孩綁著麻花辮，一雙明亮大眼搭配十足架式，頗有小女王風範，可在聽見對方說：「她們兩個的加上妳自己的，妳就是吃了三個啊！」這句話後，氣勢瞬間滅了一半，但不服輸的她依舊認真想著該怎麼反駁。

女孩的對面站著個男孩，他今天剛轉學過來，面對這樣的情況他把滿腹無奈全寫在了臉上，一向愛好和平的他實在很不喜歡這種場面，但今天的點心剛好是他最愛的布丁，要忍痛割愛當然不可能，所以只好很窘地在這裡跟不曉得打哪來的恰北北理論。

「我……」女孩想了好久好久，一邊支支吾吾的，顯然是還沒想到要怎麼回答。

後來她乾脆也不想了，隨即拿起桌上的布丁，迅速撕開封膜準備拿起湯匙開動，可男孩的動作卻比她更快，幾秒鐘的時間布丁便到了男孩手裡。

「你幹麼！我先拿到的，所以是我的！」見狀之後女孩急了，她扯著男孩的手臂，試圖用蠻力將布丁搶回。

「妳才在幹麼吧，就說妳吃三個了，怎麼還跟我搶啊？」可憐的男孩拗不過女孩，他覺得這女生真是有理說不清，已經到了無可救藥的地步，但他真的不想放棄這個布丁，無計可施之下，只好尋求救兵。

「老師！有人搶我的布丁！」男孩邊保護布丁邊大喊，而幾乎是跟這句話同時、同分、同秒，女孩張口大力咬下男孩拿著布丁的左手，痛得男孩因為反射而鬆開手裡的布丁，那布丁就隨著地心引力掉到了地上。

瞬間，大家都安靜了，宇宙也安靜了。

男孩跟女孩無措的望著掉落的布丁，接著女孩尖叫人哭喊著她不依，安靜的宇宙又倏地填滿了女孩的聲音。

「甄柏言我討厭你！我討厭你！我討厭你！」

男孩又羞又氣，覺得倒楣透頂，憑什麼他要在轉學來的第一天就碰上這種鳥事情。

因此，他對女孩的印象簡直壞得徹底，只覺得她蠻橫、惡霸、不講理。

女孩不開心之餘也覺得很不可思議，她可是這裡的大姐頭耶，他一個新來的怎麼敢這樣欺負自己？

於是，她做了個決定，那就是往後的每天她一定與他勢不兩立，不管是什麼東西都必須要跟他爭、到、底！

第一次討厭你　狹路相逢勇者勝

天朗風清的午間靜息，正是許多夜貓族同學的補眠時間，教室內雖無老師監控，可大伙兒皆乖乖睡成一片，打呼的打呼、流口水的流口水，各個睡得香又甜，唯獨她蒲笠薈睜大雙眼、咬緊下脣，氣呼呼地瞪著趴睡在她左邊的甄柏言。

剛剛吃午飯前的班會課，班導要選班長，本來挑了兩個人要來投票，但後來僅因為班導的一句話就讓其中一人直接當選。

這兩個人中的一個是蒲笠薈，另一個就是甄柏言。

他們兩個從小競爭到大，打自幼稚園時代的布丁結緣後……噢！不是，是結了梁子後，這兩個人就沒完沒了。

都升上高中了還是一點長進也沒有。

凡舉課業、比賽、食物、禮物、情書……等等，反正只要是能爭的、能吵的，他們倆總要論上半天。

那要是論得沒輸沒贏呢？那就要可憐一下甄柏言了，誰叫蒲笠薈真的很任性。

但是，今天這種狀況可不是甄柏言說讓就讓的。

因為，班會課結束前，他們班導說：「這樣吧，班長不用選了，就讓甄柏言當，我觀察他很久了，從開學到現在，他的認真努力大家有目共睹，凡是班上有需要幫忙的他都很主動，我看就他當吧！其他幹部我們下次再選。」

看來，甄柏言這次真有得受了。

「喂，蒲竺薈，那個班長，是班導指派的，不是我自願當的。」下午第一節課一下課，甄柏言馬上轉頭跟蒲竺薈解釋，深怕她胡亂發火，一個出奇不意便去他家把屋頂鬧掀翻。

「哼！」果然，蒲竺薈不領情，哼了聲便扭過頭去。

她知道啊，她真的知道這次不是甄柏言的問題，但就是覺得輸給甄柏言實在很不爽，但又不能找班導發洩，所以她只好衝著甄柏言解氣。

因為，她這輩子最不想輸的人就是甄柏言了。

見蒲竺薈不領情，甄柏言倒也不多說什麼，只慢條斯理地把桌上的課本換成下一節課的。

蒲竺薈就這樣無視甄柏言至放學，直到此刻好不容易才願意和他講話。

「喂，我車好像怪怪的，幫我看一下啦。」她想，要不是她的腳踏車騎起來不太順，她說什麼也不會再理他！絕對不會！

甄柏言本來已經騎上腳踏車準備回家，聽見了蒲竺薈的呼喊後又立即掉頭下車，替她檢查了好一會兒。

他蹲在蒲竺薈的腳踏車旁從頭到尾看得很仔細，最後在前輪發現有異，「這邊破掉了，現在應該不能騎了。」

「啊？」望著輪胎的裂孔，蒲竺薈頓時不知該如何是好，「那怎麼辦？」

「我也沒轍。」甄柏言聳聳肩，表示自己不會補輪胎，而且就算會，現在也沒有修車的工具，眼下她只能把車慢慢牽回去。

「蛤啊？」蒲竺薈沒料到會得到這樣的回覆，那張淨白小臉一下子垮了。

突然她靈機一動，覺得還有另一個更好的辦法，於是她伸手拉了拉甄柏言的衣角，柔聲地問：「欸欸，那你還是要騎車回家嗎？」

聞言，甄柏言瞇起雙眼直覺有詐。

「這樣的話你也別騎了，陪我牽車走回家吧。」果然甄柏言猜對了，她蒲竺薈只要撒嬌就必沒好事。

結果就是甄柏言雙手各牽一臺車，蒲竺薈則拿著珍奶邊走邊喝，好不快活！

但是，您以為蒲竺薈這樣就算消氣了嗎？

NO NO NO，沒那麼簡單呢！

…♡……♡……♡……♡…

「欸，蒲竺薈，妳還在生甄柏言的氣嗎？」和蒲竺薈同桌的敏如問，說都已經過好幾天了怎麼還沒消氣。

蒲竺薈撇撇嘴，哼了哼，「誰要原諒他？我才不原諒他。」

「欸，那我問妳，妳和他是什麼關係？我看你們好像很熟，」敏如湊近她繼續說：「要不是我坐妳旁邊，跟妳混得比較熟，不然我也一定跟其他人一樣以為你們在交往。不過我說認真的，甄柏言長得不差，妳真的不先下手為強嗎？」

「呸呸呸，他長得不差？」蒲竺薈不屑地翻翻白眼，「他要是長得不差，我看豬都能選美！」

「話不能這麼說吧，妳真的……」敏如本還想再替甄柏言美言幾句，但卻被蒲竺薈立即打斷。

「好了好了，如果妳覺得他長得帥，那妳整隻搬走好了，我不送，妳請便，恰巧樂得我清閒，啊對了，我還要去找數學老師領作業，再見！」

因為不想繼續聊甄柏言，所以蒲竺薈便藉機塘塞，豈料她居然才剛步出教室，就被迎面而來、拍著籃球的甄柏言遇上。

「去哪？」甄柏言問。

「要你管。」說完也沒看眼問話的人，蒲竺薈就頭也不回地朝教師辦公大樓走去。

「阿言，你喜歡這種的喔？很有個性餒。」站在甄柏言旁的打球同伴戲鬧著，笑他以後一定妻管嚴。

這話他沒放心上，也不多加理會，只說了句別亂講，便再回頭看了眼蒲竺薈消失的轉角後回到座位上。

看了眼自己右邊的空盪，他感慨著那無人知曉的滿腹委屈，都已經一個多禮拜了，她蒲竺薈大小姐還是沒打算原諒他，仍舊擺著副「你奈我何」的嘔氣模樣想憋死他。

然而，此時的蒲竺薈後悔了。

她後悔剛剛沒叫上甄柏言，害她現在必須一個人搬著高到快擋住她視線的數學習題簿，還得幫下節課的老師提麥克風。

「唉呀！妳走路沒看路啊，很痛耶！」突然，一個女生本來走在外側，與蒲竺薈還隔著一個人寬的走道，未料走著走著朝她越靠越近，最後一股腦兒地撞上她，沒幫忙撿起掉落的書本跟道歉就算了，居然還朝她破口大罵。

蒲竺薈趕忙先收拾那片狼藉，灰頭土臉，想想實在氣不過便抬眼瞪了那不善的來者，竟發現她就是從新生訓練時就很討厭自己的房安品。

「喂！房安品，妳才沒長眼吧！沒看見我在搬東西嗎？自己跑來撞我居然還怪我，真沒禮貌！」蒲竺薈哪是會乖乖被罵的人，當然也訓了回去。

豈料房安品毫無歉意，反倒繼續跟蒲竺薈吵，「我沒禮貌？那妳就多有禮貌？說我撞到妳，明明就是妳撞到我還敢跟我大聲！」

「房安品，妳什麼意思?!」蒲竺薈把好不容易收好的簿子再一次給全摔了，本來懸吊在手上的麥克風換抱到胸前，要和房安品打一場的氣勢十足。

見狀，房安品慌了，她本來只想警告蒲竺薈不要太靠近甄柏言，豈料蒲竺薈竟也不是顆軟柿子，看著蒲竺薈拿起麥克風滿腔怒火的模樣，她深怕下一秒那麥克風就會毫不客氣地往她臉上砸。

「發生什麼事了？」

「妳們在幹麼？」

「怎麼回事？」

也許是她們爭執的聲音太大，惹得附近班級的同學關注。

趁這局勢，房安品得到一個好機會，她開始惡人先告狀，大聲哭喊，說是蒲竺薈霸凌她。

「沒有！我沒有！不是我！」蒲竺薈極力為自己解釋，可房安品那泫然欲泣的模樣楚楚可憐，以至於現場沒有一個人願意相信她。

「都跟我到辦公室去！」學務主任的出現打斷蒲竺薈欲繼續說下去的話，緊接著她們兩人就出現在學務處的辦公室裡了。

「蒲竺薈，妳還是不跟房安品道歉嗎？」聽完雙方的說詞後，學務主任決定相信淚眼汪汪，但其實仔細看就能發現是在假哭的房安品。

「主任，」蒲竺薈無奈地說第二次，「真的是她過來撞我的，我抱著那樣的書堆和麥克風，要走好路就已經很難了，怎還會有興致去撞她？」

「這……」學務主任頓時無語，陷在了思索裡，覺得蒲竺薈的這番話還算有邏輯。

見學務主任心有動搖，房安品暗自叫糟，趕緊使出她的最後絕招，「主任！我要回去跟我爸說！」她爸是學校的贊助董事之一。

「行了！行了！妳們兩個回去吧！」最後，不得不要為五斗米折腰的主任沒做出任何裁決，訕訕地放走她們倆。

聽到可以回去了的指令後，蒲竺薈巴不得趕緊離開這裡，因為不想和房安品一起走，更不想走在她後頭，她一個跨步，腳程飛快，直接超越房安品。

結果，她一走出學務處，就見到甄柏言捧著一大疊原本是她該負責的數學習題簿，並提著差點被她拿來當凶器的麥克風。

「走吧。」甄柏言也不多話，接到蒲竺薈後和她一起回教室。

途中，蒲竺薈問了甄柏言，「你相信她還相信我？」

甄柏言挑眉，一副懷疑的樣子瞅著她，「差點成為兇手的妳問我這個問題還真違和。」

蒲竺薈忍不住打了甄柏言幾下，忿忿地說：「你很煩耶，憑我們的多年交情你還不信我？」

「憑妳打我多年、嗆我多年，跟我競爭多年，所以我不敢相信妳。」

聞言之後，蒲竺薈氣得加重手下打人的力道。

「好了好了，別打了啦蒲竺薈，很痛耶，而且簿子快掉了，」停下腳步，甄柏言朝最上面那搖搖欲墜的幾本習題簿揚了揚下巴，對她說：「幫我喬一下。」

雖然哼了聲，但蒲竺薈還是伸手替甄柏言將簿子移好，接著便恢復冷戰模式不與他說話。

他們剛回教室的時候氣氛甚是尷尬，臺上講課的老師有聽說蒲竺薈與房安品的事，只叫甄柏言把麥克風裝好也沒多加叨唸。

而蒲竺薈則是在甄柏言旁邊的小桌子整理習題簿，順便等甄柏言。

待甄柏言幫老師裝好麥克風遞過去後，他們兩人才回去座位。

趁還未落座之際，走在後面的甄柏言悄悄低頭，在蒲竺薈耳邊小聲說：「比起房安品，我當然更相信妳。」

⋯♡⋯⋯♡⋯⋯♡⋯⋯♡⋯

「發生什麼事了？妳和房安品，我聽說妳差點拿麥克風打了人家，怎麼了？」午餐時間，敏如打開便當，將自己最討厭的苦瓜夾到蒲竺薈碗裡，「我不喜歡吃苦瓜，妳吃嗎？」

「妳不覺得我現在的臉已經很苦了嗎？」蒲竺薈無奈地看著碗裡的苦瓜，還打算對苦瓜扮鬼臉，好在旁邊的甄柏言身手矯健，趕在蒲竺薈之前夾走它們，救它們脫離蒲竺薈的鬼臉攻擊。

然而，其實是甄柏言知道，蒲竺薈也不喜歡吃苦瓜。

「甄柏言，你喜歡吃苦瓜啊，我這裡還有，你要不要全部夾去？」敏如把便當向甄柏言推，但甄柏言搖搖頭說不用後，只得拿回來自己看著辦。

「欸，那個房安品什麼來頭？」本來還沒消氣的蒲竺薈食不下嚥，可誰叫吃飯皇帝大，那房安品再怎麼大也肯定沒飯大，所以她將就地把便當裡的青菜當成房安品，忿忿地夾起來放進嘴裡用力嚼。

「她喔，」敏如想了想，「房氏財團的千金，那個最近很常廣告的減肥食品就是他們家的。」

「還有嗎？」

「妳不知道嗎？」敏如驚訝的看了眼蒲竺薈，又看了看甄柏言，「蒲竺薈不知道就算了，甄柏言你也不知道嗎？」

聽了敏如的話，蒲竺薈瞇起眼睛，表示懷疑的瞅著甄柏言，模樣像在逼供，「甄柏言，難道她是你派來撞我的？」

「不是我，我沒那麼閒，而且光我一個人就夠撞倒妳幾十次了，哪還用大費周章。」甄柏言聳聳肩，很得意地說。

「嘖，少廢話，快給我誠實招來，真不是你派來撞我的嗎？」

「不是。」

「妖魔鬼怪快現出你原形！」

「就說與我無關了。」

「你……」

「好了好了，你們別吵了，我說，我也是聽別人講的，是不是真的我不知道，」敏如看著甄柏言說：「聽說房安品在國小三年級的時候參加教育局辦的朗讀比賽，那時候她看到你朗讀的樣子，覺得很帥就喜歡上你了。」

「什麼?!」這話聽得蒲竺薈差點噴飯，「妳說房安品看到甄柏言小三朗讀的樣子後就對他一見鍾情？」

要是讓房安品知道當時的甄柏言正值換牙期，缺了一顆門牙講話因而「漏風漏風」，好在有老師和蒲竺薈的耐心矯正，這才能上戰場與別校選手廝殺，但最後仍然鎩羽而歸的話，蒲竺薈才不相信房安品會這麼死心踏地。

「對啊，她說他朗讀的認真模樣很迷人，所以就被迷住了。」敏如回應，說著想看看甄柏言朗讀的樣子，還隨手翻了國文課本要甄柏言現場示範。

「哈哈哈哈哈……太好笑了甄柏言，簡直就是……」蒲竺薈笑得合不攏嘴，想到當時甄柏言的模樣如今還是很有趣。

甄柏言被蒲竺薈笑得羞窘，他當然沒忘記自己那段歷史有多黑，也很訝異自己那樣竟也有人喜歡，但現在他最想要的就是讓蒲竺薈止住笑，於是他輕咳幾聲，佯裝鎮定地說：「蒲竺薈，別再笑了。」

「幹麼？好啦、好啦。」蒲竺薈也沒繼續取笑，見好就收。

「怎麼了啦？一個笑成這樣，一個窘成這樣？是怎樣啦？」看著反差極大的兩人，敏如忍不住問。

「就……」蒲竺薈想出賣甄柏言，可甄柏言本人不肯，於是他迅速夾了自己便當裡的一小塊炸雞塞往蒲竺薈嘴裡。

甄柏言隨即恢復平常的語氣說：「沒什麼，只是很驚訝那時候年紀還那麼小，房安品會記得我。」

「我剛聽到的時候也覺得很神奇，想說不知道會不會是騙人的，但看今天她找蒲竺薈麻煩的這件事就知道了。」

甄柏言點點頭，若有所思，而蒲竺薈則是發現自己嘴裡的炸雞好吃，又從甄柏言飯盒裡夾了兩塊。

看到蒲竺薈夾走雞肉的這一幕，敏如由衷地給了個建議：「你們兩個要不乾脆真的在一起算了，省得房安品那公主病又出怪招來刁難蒲竺薈。」

敏如的這句話徹底讓蒲竺薈噴飯了，不偏不倚，就往甄柏言臉上去。

「誰要跟他在一起！」甄柏言和蒲竺薈異口同聲，嚇得兩人轉過頭去，互不相看。

「還真有默契，齁齁。」敏如揶揄著。

「像她這種亂噴飯又沒氣質的噁心鬼，我就是沒人要了也不可能跟她在一起。」甄柏言趕緊抽了張衛生紙擦臉，邊擦邊嫌蒲竺薈很髒。

「你才髒，你全身上下都髒。」蒲竺薈朝他扮了個鬼臉，說要是以後嫁不出去，寧可去廟裡吃齋唸佛也絕不與他有瓜葛。

「好了好了，你們真是的，說不到兩句就鬥嘴。」敏如趕緊打圓場，誰知道她竟那壺不開提那壺，問起下次班會的事：「欸對了，你們有想到下次班會選幹部要選誰了嗎？雖然開學好久了，可是我跟班上的人還不是很熟。」

「哼，我最討厭甄柏言了！」說完，蒲竺薈氣得拂袖而去，徒留滿頭問號的敏如和不知該說什麼的甄柏言。

…♡………♡………♡………♡…

「喂，還在生氣啊？」放學的時候甄柏言跟上蒲竺薈。

蒲竺薈哼了哼，看也不看甄柏言，「你搭訕房安品好了啦，一個心機女、一個討厭男，絕配！」

「是嗎？我跟她很配？也是，人家她長得也算漂亮，那要是我真的和她在一起了，妳還得感謝我呢，替妳收服了個牛鬼蛇神，到時候麻煩叫我恩人。」

「她長得漂亮?!」蒲竺薈停下來，氣得跳腳，「你說她長得漂亮?!」

「是啊，很美耶，妳不覺得嗎？」甄柏言回得正經八百。

蒲竺薈則沒氣質地罵了句：「去你的！配把眼鏡吧你！」

「喂，不是啊，扣除她是挺心機的沒錯，但外表真的還不錯啊。」這甄柏言擺明是討皮痛，居然繼續稱讚房安品自帶牛奶肌，拍照還不用打光。

「那你要不要考慮考慮敏如說的，我倒是可以考慮自我犧牲來矯正你的審美。」蒲竺薈一手扶車、一手插腰，彷若君臨天下那般對著甄柏言講。

「妳？就妳？」甄柏言不屑，「怎麼矯正？」
「我就勉強把你收了，委屈一點給你當女朋友，免得人家笑你眼光差。」
甄柏言一愣，霎時不知要如何回答，只能靜默地看著蒲竺薈。
「騙你的啦，」看著甄柏言的表情有點認真，蒲竺薈不禁也跟著彆扭，她想一定是房安品這個不速之客害她講出這麼可怕的話，「我才不要給你當女朋友，你啊，就活該讓人笑你眼光差一輩子吧！」

…♡……♡……♡……♡…

「我昨天問你們說幹部想投給誰，你們想好了嗎？」隔天，沒有慧根的敏如又問了一次，說自己有發現第二排的第一個女生很有文書氣質，而且班導請她暫時幫忙的教室日誌也寫得很好，要是班導沒有內定她當學藝，自己會提名她。
蒲竺薈撇撇嘴，忿忿地說：「投誰都好，就是不會投笨蛋甄柏言！」
聽著蒲竺薈那也挺笨蛋的言論，敏如忍不住笑說：「蒲竺薈妳傻了啊，人家他已經是班長，不用再選了啦。」
「哼，有什麼好了不起的，」蒲竺薈甚是不屑：「啊不就好棒棒。」
「欸，」敏如突然壓低音量，「我真的很好奇妳跟甄柏言的關係耶，你們兩個感覺有故事，要不要說來聽聽？」

蒲竺薈瞅了敏如一眼，皺了皺眉，越說越帶勁：「我跟他沒什麼關係啊，要真的有，那應該就是冤家、仇人兼死敵！還有萬年討人厭！跟屁蟲！黏人精！」

「冷靜啊大姐，」看著班上同學因蒲竺薈那大嗓門而投來的目光，敏如感覺尷尬，於是趕緊把蒲竺薈拉回來，順便提醒她小點聲，「還真有緣啊你們，所以，你們從國小就認識囉？」

蒲竺薈無奈地搖了搖右手食指，「嘖嘖嘖，妳錯了，我和那個甄柏言何止是國小才開始同班，」她清清喉嚨，開始細數：

「幼稚園他才轉學來第一天就搶了本姑娘的布丁，國小初入學時我居然又在走廊的盡頭，看到他那個因為想媽媽而嚎啕大哭的媽寶；小二開始老和我搶第一名的寶座；小三……就妳知道的那樣，他去參加朗讀比賽，結果被房安品看上；小四有人跟我告白，天天送我巧克力，他那個白痴也假裝自己很有人氣，也每天送自己一顆巧克力，然後來跟我炫耀；小五、小六跟我競爭自治小市長，害班上起內鬨，結果我們誰也沒當選；國中的時候……」

「停！」原來是蒲竺薈在講自己壞話，難怪剛剛來學校的路上，打了好多噴嚏，甄柏言放下書包，趕緊為自己平反。

「第一，幼稚園當時的那個布丁本來就是我的，既然是我的又怎麼能說是我跟妳搶？應該是妳土匪吧，而且最後我們誰也沒有吃到；第二，小一的那時候哭，我不是想媽媽，是我的新玩具被阿強他們玩壞了；第三，小二的時候妳迷上了那部什麼美人魚的動畫，每天準時守在電視機前面，自甘墮落地荒廢課業，可別牽拖我。」

接著，他不好意思地搔搔頭，「不過……小時候確實有一顆巧克力真的是女生送我的……」

蒲竺薈瞇起眼睛，表示不信：「喔，哪個女生送你的？誰啊？」

甄柏言別過頭，語氣不自然道：「我忘了啦。」

「忘了？真的假的？」

「對啦對啦，」甄柏言敷衍回應，趕忙繼續剛剛為自己平反的話題，「選自治小市長的時候，老師明明跟班上同學推薦我，是妳自己硬要來參一腳，弄得我們班自己人不挺自己人，輸了也是應該的，小五那次就算了，重點是小六妳還來。」

「哇賽，天啊天啊，」敏如不禁讚嘆起來，驚訝著怎麼人的緣分可以如此深厚，「你們居然從幼稚園一路同班到現在嗎？」

蒲竺薈瞪了甄柏言一眼沒有理他，只回覆敏如的話，「這可不是什麼好的緣分，這叫孽緣，」她嘆氣，「我真的覺得，要是我和他的緣分能變成中獎的發票、彩券，那我就能成為千億富翁，花著那取之不盡、用之不竭的鈔票，要什麼有什麼、湖吃海喝、環遊世界，哪還用在這裡被他拖累。」

甄柏言挑了挑眉，無法贊同她的說法，「我覺得妳這輩子就是沒遇見我妳也不會變成什麼千億富翁，憑妳這樣子，牛牽到北京還是牛，少做白日夢了。」

「喂，」蒲竺薈跳腳，「你什麼意思，牛牽到北京真的也還是牛啊，不然你的就比較特別，會變成豬啊？」

「蒲竺薈……」

「行了行了，都別吵了！」受不了耶，敏如無奈，這兩個人每次都這樣。

…♡……♡……♡……♡…

終於到了要選幹部的時候，班上多數同學總跟他們班導抱怨，抱怨為什麼班上的幹部那麼晚選，別班早在新生訓練那天就選好了。

他們班導則是回覆：「因為我希望你們是在充分了解彼此的情況下投票的，為了選而選那樣沒有意義。」

「我們開始吧，班長上來主持，」甄柏言被班導叫上臺去，美其名是主持，但不過就是個寫候選人名字、數數票數、擦擦黑板的工具人罷了，「班長已經選好了，那從風紀開始吧，一個班級的紀律是最重要的。」

「老師等等！」突然，房安品出聲提醒，「副班長還沒選，是不是要先選呢？」

班導悠哉地喝口茶，說了別急，那最後再選。

誰看不出來房安品的居心，現在甄柏言是班長，她要是選上副班長，肯定要和甄柏言一起管理這個班，不論是廣播集合、職位代理、跑公務等等那出雙入對的樣子，想得蒲竺薈都煩躁。

於是蒲竺薈暗自罵道，真是陰險狡詐的女人，機關算盡堪比宮鬥大戲。

「來吧同學們，趕緊提名啊，老師都讓你們多認識這麼多天了，別告訴我你們還不熟，也不需要客氣，要毛遂自薦的我也很歡迎。」見班上同學興致缺缺的樣子，班導趕緊高聲吆喝，希望大家不要浪費這麼一個可以為班級服務的機會。

果然，班導的吆喝奏效了，提名的聲音一個接著一個，甄柏言的手完全沒有空可以休息，一直寫著、記著、數著、擦著，已經選完大部分的幹部了。

就剩下學藝和副班長的部分了。

「我要提名！」選學藝時敏如舉起手，真按照自己的意思提了那位暫代學藝的女同學，而那位女同學也如她所願地當選。

「最後要選副班長了，」班導站回講臺上，眼神環顧四周，「其實副班長跟班長一樣，我內心都有人選了，可是，上回我直接點名甄柏言當班長，班上似乎有些雜音，所以這次副班長我就不干涉，交給各位同學吧。」

他們班導話語一落，房安品馬上舉手，「老師，我要當副班長。」

臺上的甄柏言看了眼房安品，再看了看蒲竺薈，最後迫不得已地在黑板上寫下房安品的名字。

看著黑板上甄柏言寫下的自己的名字，房安品心裡甜滋滋，已經開始幻想自己跟甄柏言在交往的情境了。

因為是房安品的關係，所以其他人根本不敢和她爭，大家都知道她大小姐跋扈慣了，與她對立絕不會有好下場，看來，這個副班長的職位非她莫屬。

可大家不知道，還有一個人壓根兒不怕她，而且還就是硬要與她作對，她才不認為房安品有多可怕。

於是蒲竺薈在班導像拍賣會那樣，趕在她喊第三聲房安品當選之前舉了手，「老師！我也要參選！」

然後房安品瞪了蒲竺薈，瞪得眼球就像快飛出來了一樣。

蒲竺薈聳聳肩，朝她翻翻白眼表示自己對她根本不在乎。

甄柏言則沒有太多表情，只俐落轉身在黑板上寫下蒲竺薈的名字。

接著，她們兩人的廝殺開始了——

但卻怎料她們竟然打成平手，不分軒輊。

「老師！我有意見！雖然安品跟蒲竺薈的票數一樣，可是怎麼看，副班長這個位子就是安品適合，安品從小到大品學兼優、無可挑剔，再適合不過了。」說話的人是房安品的黨羽，長年跟在她身邊的小嘍囉，名字叫許榕榕。

「老師，我也……這麼覺得。」附和的人是房安品的另一個小跟班吳艷，說完還怯怯地看了蒲竺薈一眼，那天蒲竺薈要拿麥克風打人的氣勢，她也是聽說過的，亦深怕替房安品說話的自己也會遭殃；但由於她隸屬於房安品的陣營，所以也只能摸摸鼻子出來助陣。

「這……」班導沉思了下，確實是個棘手的問題，她一方面不想得罪房董事，另一方面恰巧蒲竺薈就是她心中的副班長人選。

「老師，妳別猶豫了，就選安品吧，她真的很優秀，」許榕榕繼續鼓譟，最後還搬出了幕後勢力，企圖當作提醒，「她爸爸還是學校的董事呢，一定可以幫班上很多忙的。」

突然，班導靈機一動，乾脆把這燙手山芋交給甄柏言處理，畢竟人家是房家千金，她還是別得罪的好，但甄柏言沒關係，對房董來說他只是這學校裡的其中一名學生而已，所以她也不廢話，直接告訴甄柏言：「我看這樣吧，甄柏言你自己選，副班長是要和你一起共事的，你最有權力可以選擇。」

聞言，站在臺上的甄柏言一愣，盯著臺下思考了一會兒，看他的樣子跟情勢，頗有要選蒲竺薈的意思。

許榕榕看狀況不對，又馬上插話，「甄柏言，我真的認為安品比蒲竺薈適合，希望你可以好好想想，真的。」

對於許榕榕的話，甄柏言其實直接忽略，但經過多方面的考量後，他決定改變自己內心的人選，竟跌破蒲竺薈和敏如眼鏡地喊了個名字：「老師，我想好了，我要選房安品當副班長。」

他們班導嚇了一跳，很意外甄柏言會選擇房安品，還以為平時他總和蒲竺薈走得比較近，他會因此而選擇蒲竺薈，但卻未料並不是如此。

「呃……好的，」班導恢復鎮定，「那我們班的副班長就交給房安品來擔任，掌聲歡迎我們的副班長。」

班導說完話後，房安品自信滿滿地站起身，並相當自豪的接受大家的掌聲，而後下課鐘聲響了。

「好，那我們這兩節班會課就到這裡，下課。」班導走出教室，順便奴役甄柏言替她拿東西。

他們班導跟甄柏言前腳剛離開，房安品後腳就帶著許榕榕和吳艷來找蒲竺薈。

「看到沒有，甄柏言選的是我，妳啊，就別和我爭了。」房安品氣焰囂張，可蒲竺薈卻沒心思搭理，她現在只想弄明白為什麼甄柏言會選房安品。

所以，她看也沒看房安品，直繞過對方怒氣沖沖地跑出去，並在找到準備回教室的甄柏言後攔截他。

「怎麼了？」雖然清楚蒲竺薈的來意，但甄柏言還是問了問。

「甄柏言，你什麼意思？為什麼要選她？我的能力難道比不上她嗎？」

雖然蒲竺薈跟甄柏言從小就是競爭對手，但只要不扯到競爭的事物，他們倆的相處都還算和平，所以蒲竺薈被甄柏言拒絕這還是頭一遭，她氣急敗壞，感覺像被背叛、像被丟棄的娃娃那樣，非常不爽！

她繼續對甄柏言罵道：「你明明知道自從那次之後，我跟她就不合了，為什麼你還要選她？這樣很好玩嗎？」

「蒲竺薈，」甄柏言拉著她，「我是在多方面考量下才選她的，並不是因為妳不好，如果今天我選的人是妳，她們一定會來找妳麻煩，我不想因此而害到妳。」

「我不怕啊！甄柏言，我蒲竺薈天不怕地不怕，就是最怕輸給你，這你一定知道啊！」蒲竺薔還是很激動。

這讓甄柏言只得趕緊搭上蒲竺薔的肩膀安撫。

他耐著性子溫聲地對她說：「我知道，但是她連老師都惹不起，現在我也只能這樣保護妳了。」

第二次討厭你　問君可有意中人

真是太陽要打從西邊升起，這次副班長甄柏言沒有選蒲竺薈，應該是要讓蒲竺薈不理他個十天半個月的重要大事，但蒲竺薈卻沒有，居然就跟日常一樣，聊天、吃飯、上課，偶爾再鬥個嘴。

「欸，甄柏言，剛剛跟你說話的女生是誰啊？長得很像音樂班的班花Jane耶。」音樂課下課後，在要回教室的路上，蒲竺薈正巧看到甄柏言和一個女同學在說話，那女同學感覺很有氣質，還滿漂亮的。

「她、她就是Jane啊。」面對甄柏言的回答，蒲竺薈瞪大雙眼、不敢置信，但令她驚訝的並不是甄柏言居然認識音樂班女神這件事，而是他現在的眼神和表情，還有他雙頰浮現的紅暈實在可疑。

「從實招來，自首無罪，」蒲竺薈踮起腳尖，吃力地勾著比自己高上一顆頭的甄柏言，「你是不是喜歡人家？我看你這個變態臉口水都快流出來了，還不快說。」

基於多年交情，甄柏言也不隱瞞，態度非常大方：「嗯……對啊，好像是吧。」

「齁齁齁，」蒲竺薈大笑著揶揄他，沒想到他這塊萬年大木頭也會有開竅的一天，Jane耶，音樂班的Jane耶，那個國家級水準的鋼琴家，還飛去有音樂之都美名的奧地利維也納演奏過，簡直是女神等級的人物，「呦，這次的眼光有進步喔。」

「我……」甄柏言害羞地搔了搔頭，「我也不知道啊，上次幫音樂老師拿樂譜給她後，就認識了。」

難得看甄柏言有這種窘樣，蒲竺薈當然抓緊機會好好的再嗆他一番，可她也不是這麼沒義氣的，已經默默在為他盤算著要怎麼計劃告白了。

不過，對方是Jane耶，要追到手有那麼容易嗎？

…♡……♡……♡……♡…

「欸，蒲竺薈，甄柏言是不是怪怪的，他今天一整天感覺非常嗨耶，發生什麼事了？」連敏如也發現了甄柏言那心花朵朵開，開成大花海的粉紅模樣。

「別理他、別理他，」看了眼甄柏言後蒲竺薈搖搖頭，「他啊，少男情懷，我們吃爆米花配可樂，看戲就可以了。」

「真的呀?!」敏如吃驚，不敢置信，「妳說甄柏言他……戀愛了?!」

「對啊。」蒲竺薈回得氣定神閒，雖然稍早時敏如的表情也出現在她臉上過。

敏如馬上又問：「是誰啊？哪班的？」

蒲竺薈停下手上寫筆記的動作，轉頭瞇起眼睛瞅著她，狐疑地反問：「敏如妳老實說喔，妳是不是喜歡甄柏言？瞧妳問得那麼仔細，還不快從實招來，朕賜妳無罪。」

「妳別胡扯，」敏如打了蒲竺薈一下，「我不喜歡甄柏言，只是我一直以為你們兩個才是一對的，怎麼跟我想的不一樣。」

「妳才別胡扯，」蒲竺薈把剛剛那一下還給敏如，義正辭嚴地說：「我跟他才不會是一對，他那隻癩蛤蟆，這輩子別想吃我的天鵝肉，我很正經跟妳說，下次不要再把我和他湊成對了。」

「是是是、好好好，我知道，不過，到底是誰啊？能把他弄成那樣也不容易。」在敏如眼裡，除了與蒲竺薈相處時，甄柏言對誰都是禮貌中帶有疏離感，但今天的他話很多，剛剛還跟數學老師搶要解題。

「是誰不要緊，重點是能不能在一起。」蒲竺薈突然靈機一動，「欸，我問妳喔，如果我現在想換社團還來得及嗎？」

「可以啊，不是一直到下星期才正式確定嗎？不過妳要換去什麼社團啊？」

蒲竺薈回答：「古典音樂社。」她有印象 Jane 在古典音樂社裡，那時古典音樂社為了招募社員還請 Jane 出來代言，拍攝海報、傳單的封面，甚至還有微電影。

「古典音樂社？妳去那裡幹麼？我之前問妳的時候，妳不是說學樂器什麼的最麻煩了嗎？怎麼又想去了？」

「山人自有妙計，」蒲竺薈語帶玄機地笑了笑，「我總得盡點為人朋友的責任，為他大好的美麗未來著想啊，放心吧，事成之後我會叫甄柏言那傢伙媒人禮包大包一點，再分給妳一半。」

敏如聽著蒲竺薈的話可是一頭霧水、雲裡霧裡，雖然不知道甄柏言喜歡的人姓啥名誰、長得是圓是扁，但可以確定那個人應該就是古典音樂社的社員之一。

看蒲竺薈那神祕兮兮的樣子，敏如也不再追問，只交代她別把事情搞砸，否則要是真的發生了什麼事，甄柏言就是扒掉她十層皮也不夠。

談話的最後，蒲竺薈笑開懷，要敏如不要觸她霉頭，「還有啊，就是真的怎麼了，他甄柏言吃了熊心豹子膽也不敢動我一根汗毛，更別說要扒我十層皮了。」

…♡………♡………♡………♡…

蒲竺薈那說風就是雨的個性，還真讓她換到古典音樂社裡去了。

「欸，蒲竺薈，為什麼妳換來古典音樂社，我也非得跟著妳來啊？」敏如無奈地嘆氣，邊嘆邊翻坐在旁邊的蒲竺薈白眼，她本來動漫社待得好好的，怎麼知道這女人在發什麼神經，說得口沫橫飛要她也跟來。

本來蒲竺薈是想單槍匹馬幫忙撮合甄柏言和 Jane 沒錯，但她簡單應付些比賽、學業算還行，可是幫忙追女神這件事卻一點辦法也沒有，她從來沒做過這種事；俗話說三個臭皮匠，勝過一個諸葛亮，她多抓個人來，壯膽之外，也好商量對策，一舉兩得啊！

「唉呦，敏如，妳就當是為了甄柏言的幸福著想，來幫忙一下嘛。」蒲竺薈勾著敏如的手好聲好氣，「而且，妳不也想知道甄柏言的女神是誰嗎？」

敏如把蒲竺薈的手撥掉，一臉嫌棄，「我才不想知道他喜歡誰，還不是因為對象不是妳，所以才有點意外。」

「沒什麼好意外的啊，而且妳看，來這裡可以學樂器，可以變得很有氣質，多麼適合妳啊，屆時妳就可以是琴中好手，彈奏餘音繞梁的美妙樂曲，讓人聽得如痴如醉……」

「行了行了，」敏如嫌棄地將蒲竺薈欲要繼續諂媚的話打斷，「唉，反正我都來了，算了。」

「耶！謝謝妳啦！」蒲竺薈說完話後，社團的社長走上臺了。

「今天是正式確定社團的日子，感謝始終留在這個社團的同學，也謝謝新加入我們、決定留在我們這裡的同學……」接著，社長說完後，就讓大伙兒分成幾小組，讓資深或是已有些功底的前輩帶著新進社員集合，簡單地講解基礎。

可能是蒲竺薈的義氣感動上蒼，所以在分組的時候，Jane那神聖的一抽，就抽中了她和敏如，真是一箭雙雕。

「有沒有？妳看，大家都在幫忙甄柏言，那小子真該好好謝謝我們。」蒲竺薈高興地直歡呼，風風火火地就朝Jane奔過去。

敏如則是一臉疑惑，想著雖然Jane很有名氣沒錯，可有必要高興成那樣嗎？

「嗨嗨……妳好……」蒲竺薈緊張，比她自己想像中的緊張，她知道Jane很漂亮、很厲害，可她從沒想過，Jane本人真的長得很好看，長得比她在海報、文宣、微電影裡看到的都還要美，整個給人的感覺就是很有氣質，讓同為女生的蒲竺薈也心跳加速。

「妳好，我是音樂班的同學，大家平常都叫我Jane，妳也可以這樣叫我。」說著，Jane便要和蒲竺薈握手，而蒲竺薈竟生平第一次看個女孩看到出神。

「真的好美啊……」不經意，或者可以說是完全下意識地，蒲竺薈直接脫口而出這句讚嘆。

Jane聽到後害羞的掩嘴笑，「同學妳人真好，謝謝妳。」

「哪裡、哪裡，」蒲竺薈回過神，發現Jane伸出的那隻手趕緊握上去，還想問她能不能要張簽名，就像小粉絲見到大偶像那樣興奮，「Jane真的好美呢！」

「謝謝。」

一會兒後，其他被Jane抽到的組員陸續集合，蒲竺薈這才發現敏如並未跟上，還在後面慢條斯理地摸魚，所以蒲竺薈趕緊拉著她，再一次衝到Jane面前，除了自我介紹，也替Jane介紹敏如。

「這樣啊，所以妳們兩個跟柏言同班嗎？」Jane聽完蒲竺薈的介紹後驚訝地問。

「對啊，甄柏言跟我們同班。」蒲竺薈答。

而敏如則是不大滿意地補一句：「何止同班，蒲竺薈還跟甄柏言很要好，青梅竹馬，對不對，蒲竺薈？」說完還拐了蒲竺薈的臂膀一記，要她附和自己，畢竟在她眼裡，就算Jane真的很優秀，但甄柏言跟蒲竺薈才是最合適的一對。

蒲竺薈睨了敏如一眼，要敏如收斂，隨即立馬跟Jane澄清：「對啊，我跟甄柏言還不錯，但就只是普通朋友而已。」

「這樣啊，看來柏言在你們班上人緣真不錯，我也覺得他人很好，是個很棒的人呢！」Jane如此說道，感覺十分真心，而非只是應付蒲竺薈她們的客套話而已。

蒲竺薈看到Jane的眼神和表情，尤其是她還喊甄柏言叫「柏言」而已，就覺得甄柏言這次肯定有希望。

看來這次一定可以拗甄柏言包份大的媒人禮，蒲竺薈的如意算盤已經打得劈啪響了。

「對啊對啊，甄柏言人挺好，也很受女孩子的歡迎，很多人說他很帥，學業那也是一等一，尤其是數理方面，他特別強！」蒲竺薈直誇甄柏言，此舉直接讓旁邊的敏如看傻了眼，平常的蒲竺薈根本就不是這樣講甄柏言的。

「真的啊，那……」Jane的話欲要往下說時，社長就過來催促，要Jane趕緊開始教社員課程，Jane跟蒲竺薈也只好先關掉聊甄柏言的話匣子，發下她自己準備的講議，約蒲竺薈和敏如等會兒放學後繼續聊。

捱到放學時，蒲竺薈總算復活，因為樂譜上的豆芽菜她一個也沒興趣，鋼琴的哪個鍵是哪個音她也不在乎，滿腦子只想著要怎麼幫甄柏言追到女神，但卻又覺得女神要是真的跟甄柏言在一起，那也很可惜，簡直是鮮花插在牛糞上。

畢竟甄柏言那個臭小子除了幼稚之外，還有一大堆只有蒲竺薈才知道的缺點，她怕等Jane曉得了之後會回頭來怪她亂點鴛鴦譜。

「妳剛剛說柏言他數理方面很好啊，我真羨慕，我這方面非常差呢。」收拾好東西後，敏如說要先走，就剩蒲竺薈陪Jane整理樂譜，她們倆邊說邊走，已經快到校門口。

「是沒錯，可是Jane妳也不差啊，」蒲竺薈說：「反正每個人與生俱來的能力就不一樣，強項和興趣也不同，妳有的別人未必也有，所以不用羨慕。」

聽完蒲竺薈說的，Jane笑了出來，「謝謝，妳跟他一樣，都很會安慰人，柏言也跟我說過類似的話呢。」

「沒有啦，就說實話而已。」然後蒲竺薈從自己的書包裡拿出一本筆記簿，再從筆記簿上撕兩頁下來，完成從剛剛開始，她就一直很想做的事，「那個……Jane，我可以跟妳要簽名嗎？連同甄柏言的份一起。」

「這……」Jane又驚又喜地看著蒲竺薈，她不是沒被要過簽名，只每次都覺得這種感覺很夢幻，「真的……要給我簽嗎？」

「對啊！」蒲竺薈點了三次頭，一雙水汪汪大眼裡寫滿期待。

「那，好，當然可以！」Jane接過蒲竺薈遞過去的兩張紙，轉身走到旁邊的石桌前，從包裡拿出一支鋼筆，在紙上完美簽名。

「哇！謝謝妳！」蒲竺薈雙手捧著Jane的簽名，萬般珍惜地端詳細看，想著Jane可能真是老天爺創造得最好的人了，連字都美得這麼不要不要。

「不客氣，那……」Jane猶豫了下，表情有些靦腆，感覺很不好意思，「另一張再麻煩妳幫我交給柏言。」

「沒問題，包在我身上！」蒲竺薈掛保證說自己一定必達使命。

「那真是太謝謝妳了，我等會兒還有鋼琴課要上，就先走囉！」

「好，路上小心。」

兩人道別後，Jane 坐進校門口一輛似乎已經停有一段時間的黑色轎車，車子駛離之前蒲竺薈又朝它揮了揮。

「蒲竺薈，」半晌後忽有來人，是甄柏言，「妳……剛剛那是Jane？」

蒲竺薈見到是甄柏言，秒換回面對他時的表情和樣子，詭笑著對他說：「對啊，她呢就是你的女神Jane。」

聽到蒲竺薈認識Jane後，甄柏言疑惑，「妳怎麼會認識她？」

「唉呀，你都可以認識她了，我為什麼不能認識？」蒲竺薈瞇起眼睛，賊頭賊腦，語氣帶有威脅，「甄柏言，人家她知道我認識你，還跟你很好喔。」

甄柏言不畏惡勢力，回了句「那又怎樣」給蒲竺薈。

「笨嗎你？」蒲竺薈拍了拍甄柏言的臂膀，「知不知道賄賂這兩個字怎麼寫？不然，收買也可以。」

面對蒲竺薈的無厘頭，甄柏言選擇忽略，逕自跨上自己的腳踏車就要揚長而去。

蒲竺薈見狀急忙攔住他，「去哪？你還沒賄賂、收買我呢，友情價，三個布丁、兩塊巧克力蛋糕。」

「不要。」

「不然，兩個布丁，一塊巧克力蛋糕？」

無視蒲竺薈那個貪吃鬼，甄柏言繞過她去，繼續前行。

「Jane 剛剛給了我封情書，說讓我轉交給你！」望著甄柏言的背影，蒲竺薈嚷得大聲，騙起人來還真臉不紅氣不喘。

甄柏言上當了，停住腳步，不敢輕舉妄動，最後像投降了似的回到蒲竺薈身邊問她：「東西呢？」

「叫我聲大姐我就給你。」蒲竺薈樂開懷，暗笑甄柏言這個白痴好騙透頂。

「不要，」甄柏言拒絕，他才不想叫蒲竺薈什麼大姐，明明就比自己小兩個月，「該是妳叫我聲哥吧。」

「喔，是嗎？」蒲竺薈拿起手上 Jane 的簽名搧了搧，「好吧，那我就跟 Jane 說某人不願意收囉。」

甄柏言無奈，伸手欲搶過蒲竺薈手上，被她稱作「情書」的簽名。

蒲竺薈眼明手快，一個倒退，順利將簽名往自己背後藏，「想幹麼？作弊可不行喔。」

然後，甄柏言斂下眼，頗有視死如歸的絕望，「大！姐！這樣可以了嗎？」

蒲竺薈哈哈大笑，豎起右手食指搖了搖，「當然不夠，我說剛剛啥來著，有人伸手想搶我的情書，甄柏言老弟，你怎看呢？」

努力克制想掐死蒲竺薈的衝動，甄柏言勉強勾起嘴角，說得不情不願，「大姐，妳做什麼都是對的，兩個布丁加一塊巧克力蛋糕是吧？」

「不，現在的話是三個布丁加巧克力、抹茶蛋糕各兩塊，而且布丁我要大的。」

「……」

見甄柏言沒說話，蒲竺薈伸出拿有簽名的那隻手甩了甩，明示暗示甄柏言要是不答應，那她手上的東西就不給。

彷彿萬念俱灰、再也不見天日那樣，甄柏言說得大聲：「給、都給、必須給，大姐要的，小弟說什麼也要給！」

於是，蒲竺薈那魔性般的吃貨笑聲，就這樣迴盪在校園裡面，勝利之心難掩。

最是難為甄柏言。

…♡……♡……♡……♡…

「甄柏言，你還在生氣啊？」蒲竺薈弱弱地戳了戳甄柏言的手肘，「好嘛，對不起啦，我前天不是故意要騙你的，但我這也不算是騙啊，那個確實是來自Jane，只不過是簽名，而不是情書。」

甄柏言不耐地揮掉蒲竺薈戳著他的手，沒有理她，繼續看下一節課要考的部分。

「欸，好嘛，大哥，我錯了，這樣還不行嗎？」蒲竺薈雙手緊扣，頂在下巴下面，眨著眼睛可憐兮兮道：「我這不都是為了你，我一個討厭學樂器的人衝到古典音樂社裡面，不就是為了幫你追Jane嗎？你用三個大布丁和四塊蛋糕就打發我了，難道還不算便宜？」

「……」甄柏言還是不理她，放著她繼續自言自語。

「你這無情的傢伙，哼，不就三個大布丁和四塊蛋糕，我放學賠還你就是了，哼！小氣！幼稚！」見甄柏言不為所動，蒲竺薈轉惱為怒，氣得哼了兩聲便拿起桌上的保溫瓶走出教室裝水。

「欸，甄柏言，」蒲竺薈出去後，把全程看在眼裡的敏如移到她的座位上，對甄柏言說：「我看你也不是這麼小氣的人，只是被她拐了一些點心而已，有必要跟她嘔那麼久的氣嗎？」

甄柏言嘆氣，「我看起來像在跟她氣這個嗎？」

「不然呢？你在氣什麼？」

「我氣她這麼不管三七二十一就跑去人家的社團裡，明明對樂器不感興趣，而且她本來待的烹飪社是她早起，一直不斷刷重新整理才搶到的，好不容易進去了，她又退掉，是在耍什麼白痴。」

「她那叫義氣，」敏如學蒲竺薈的語氣講給甄柏言聽：「她說，當作是為了你的幸福著想，就幫忙一下。」

甄柏言皺眉，「為了我的幸福著想？她沒把我的幸福搞砸我就謝天謝地了，才不會奢望她幫忙。」

敏如不解，「我有聽沒有懂耶甄柏言，所以你是擔心蒲竺薈？還是Jane啊？」

「當然是……」甄柏言霎時無語，本來下意識想回應的答案已到嘴邊，卻又收了回去，「呃，我是說，我不擔心啊，我幹麼要擔心？」

「真的嗎？」面對方才甄柏言的猶豫，敏如表示存疑。

「對，不然呢？總之我擔心誰都不奇怪，反正一定不是她蒲竺薈。」甄柏言拿起桌上的空水瓶又說：「總之妳幫著看好她就對了，免得去人家社團裡惹事生非。」說完便帶著水瓶走出教室，大概也是去裝水，但和蒲竺薈不同方向。

敏如搖搖頭，嘆了嘆這兩人真是一模一樣的倔啊。

…♡……♡……♡……♡…

「欸，甄柏言，」倒數第二節下課的時候，蒲竺薈真的到福利社買了布丁和蛋糕，等著放學時可以給他，「還給你。」

「我不要。」甄柏言依舊板著臉，但有稍微瞥見蒲竺薈手上的食物，心裡偷笑著這麼一點東西都不夠她這愛吃鬼自己塞牙縫了，居然還想著要還他。

「你就收回去吧，反正……」蒲竺薈心虛，越說越小聲，「反正、反正是我騙了你。」

「妳喔，」甄柏言舉起手往蒲竺薈的頭頂放，並抹亂她頭髮，「還是妳自己吃吧，我怕這個我如果收了，下次要還的就更多了。」

聞言，蒲竺薈樂不可支，直問甄柏言：「你不生氣了？你不生氣了嗎？你真的不生氣了呀？」

「對啊，我才不像某人，小氣到非得跟我冷戰十天半個月，我和她不一樣，大方得很。」

蒲竺薈噘起嘴，這話一聽就知道是在講自己，「吼呦，誰叫你總是那麼白目，唉呀，反正，這些都還你吧。」

「還真的要給我啊？不後悔？」甄柏言瞧著蒲竺薈那不捨的表情和不太甘願放的手，「我看妳自己留著吧。」

聞言，蒲竺薈的眼睛一亮，彷彿會發光，「真的啊？你不拿回去？」

「嗯，不拿。」

蒲竺薈笑得高興，「這樣啊，那我就吃掉啦，」隨後她想了想，還是塞了個布丁到甄柏言手裡，「這個給你。」

「都跟妳說不用了，幹麼還給我？」拿著布丁的甄柏言困惑發問，難得這個貪吃鬼願意主動分享食物。

「哪來那麼多問題，我說給你就給你，你吃掉就是。」面對甄柏言的不計較，蒲竺薈很感謝，但話說到嘴邊就又變成很不溫馨的態度。

甄柏言把布丁收進書包後，再從裡面拿出一個裝著食物的保鮮盒，「這個，妳上次說很好吃的炸雞，本來要丟掉，但又怕浪費。」

「哇，真的啊，」蒲竺薈手捧著炸雞，很仔細地瞧，看得她口水直流，所以她乾脆也不忍耐，直接打開盒子，抓了一塊就開動，邊吃邊口齒不清地稱讚好吃。

「現在已經冷掉了，口感不太好，妳回家看要不要再熱一下。」甄柏言交代著，同時也幫蒲笙薈把車解鎖牽出來。

「不用熱啊，這樣就很好吃了。」身為吃貨，蒲笙薈哪管他冷還熱，反正只要能吃，而且美味即可。

而看著蒲笙薈吃得津津有味的樣子，甄柏言覺得心情莫名地好，「走吧。」

待蒲笙薈把愛不釋手的炸雞收進書包，他們倆一起騎出學校，仍舊邊騎邊笑鬧。

騎快到蒲笙薈他們家時，蒲笙薈突然在巷口停下來。

「妳幹麼？」甄柏言轉頭問她。

「你告訴我你喜歡Jane了，那我也告訴你我喜歡誰好不好？」

聽到蒲笙薈的這番話，甄柏言腦袋大當機，霎時無法運轉，想說蒲笙薈她什麼時候喜歡上誰了，他怎麼不知道？

「不好，」雖然很想知道蒲笙薈究竟怎麼回事，怎麼會有喜歡的人，但他還是嘴硬拒絕她，「我幹麼知道妳喜歡誰，又不干我的事。」

蒲笙薈皺眉，騎往他更靠近些，「當然干你有事，怎麼會不干你的事。」

聽到蒲笙薈的話後，甄柏言愣住，然後心臟撲通撲通，用著奇怪的速度跳著。

過了好半晌，蒲笙薈才從甄柏言口中聽到：「那……妳說吧。」

第三次討厭你　學長芳心歸何所

「就是那個，高二的林杰雁學長，你們之前國中的時候不是很要好嗎？常常約一起打球什麼的。」

甄柏言洗好澡，坐在自己房裡寫作業，卻怎樣也無法靜下心，整個腦袋想的都是稍早蒲竺薈跟他說的話。

她怎麼會喜歡林杰雁？喜歡多久了？從國中的時候開始嗎？他怎麼都不知道？

現在的他，腦袋除了裝蒲竺薈的話，還裝了這些問題，滿滿當當。

林杰雁他認識挺久，但當初怎麼變熟的也忘了，只知道那個學長對他很照顧，總不吝嗇分享自己的參考書給他，在班級三對三籃球賽前還花很多時間教他技巧、陪他練習，然後他把學長跟蒲竺薈互相介紹，就從本來的兩人行變成偶爾三人行，後來學長畢業，也好一陣子沒聯絡了。

難怪蒲竺薈在學長畢業後說什麼也要拚進這所高中，原來是因為這個原因啊。

真是拿她沒辦法，他算是知道今天蒲竺薈莫名其妙地非要告訴自己她喜歡誰，也算是知道蒲竺薈這麼做的用意了。

所以，甄柏言拿起手機，直接解鎖，點開聯絡人後稍微滑一下，接著撥了通電話，替蒲竺薈約了林杰雁。

…♡……♡……♡……♡…

放學後的一間午茶店門口，甄柏言背後緊緊跟著蒲竺薈，兩人拉拉扯扯。

「蒲竺薈，妳要放手了沒啊？我們這樣已經十分多鐘了，妳的林杰雁已經在裡面了。」甄柏言無奈地把書包背袋拉好，又拽著蒲竺薈的手問她到底要不要進去。

「我……再等一下下嘛，我還沒準備好……」蒲竺薈很小聲地說。

看蒲竺薈滿臉害羞，甄柏言頗不習慣，忍不住調侃：「我都不知道平時蠻橫霸道不講理的恰北北蒲竺薈，原來也有退縮的時候，看來，我得去跟林杰雁拜師學藝。」

聽到甄柏言的揶揄，蒲竺薈不甘趨於下風，當即回嘴：「哼，怎麼說好歹人家也是學長，你這樣直呼他名字，真是一點禮貌也沒有。」

甄柏言痞痞的聳聳肩，一副「我無所謂啊」的樣子回答：「妳覺得他會 care 這種小事嗎？妳還是好好想想到底什麼時候要進去吧。妳說的，他是學長，我們兩個學弟妹讓學長等，這才是沒禮貌吧？」

「我……」蒲竺薈緊張的加重手上握著甄柏言書包背帶的力道，垂死掙扎，「我還沒想好，再一下下，就一下下……」

「妳的一下下已經好幾下了，啊，妳看，林杰雁站起來了！」然後甄柏言再不等蒲竺薈，直接抓著她進店裡與林杰雁見面。

「雁哥，好久不見。」甄柏言的招呼打得簡單。

可都已到這地步了，蒲竺薈仍然不敢面對，繼續躲在甄柏言背後踟躕不前。

「雁哥，我把這傢伙也帶來了。」受不了蒲竺薈的拖拖拉拉，甄柏言一個輕拋，將蒲竺薈幾乎要甩進林杰雁懷中，害蒲竺薈嚇一大跳。

「小心！」林杰雁眼明手快地扶住蒲竺薈，同時也不忘提醒甄柏言這樣很危險：「竺薈，妳還好嗎？」

「還、還好……」蒲竺薈驚魂未定，還沒回過神。

「柏言，」林杰雁難得板起臉，帶著些微嚴肅對甄柏言說：「都跟你說幾次了，對女生要好一點，尤其是竺薈，怎麼老講不聽。」

甄柏言不可苟同地搖搖頭，順便跟林杰雁抱怨，「雁哥，我對全世界的女生都可以好，但唯獨對蒲竺薈不行，你都不知道她剛剛在門口耍賴了多久，耽誤了多少時間，我都想放她鴿子了。」

「甄柏言，你中央空調喔，」蒲竺薈不屑，「什麼對全世界的女生都可以好，我就大發慈悲告訴你，你這樣會追不到Jane的。」

甄柏言哀莫大於心死，但並不是因為蒲竺薈說自己是中央空調，而是她居然洩漏了他喜歡Jane的祕密，實在太難為情，他突然有股想揍扁蒲竺薈的衝動。

「Jane啊，那個音樂班的嗎？很有氣質、很有名，還去國外表演過的那位，對吧？」林杰雁沒有錯過重點，像是挖掘到什麼寶藏那樣，炯炯有神。

蒲竺薈搶在甄柏言前頭插嘴，毫不在意他散發出的殺氣沸騰，「對啊，學長，就是她，她人很好，超級好，不對，用好來強調還不夠，而是——完美！超級完美！」

甄柏言大嘆了聲，直接放棄掙扎，放任蒲竺薈繼續講：「而且她的字也很漂亮，霸氣又不失溫婉，彈琴的技巧就更不用說了，還有，她教學也很認真喔，我跑到他們社團裡去了，指導組長就是她。」

「真的啊，那竺薈妳真幸運。」林杰雁朝蒲竺薈暖暖一笑，這笑讓蒲竺薈簡直心花怒放，而甄柏言則是無言到不能再無言，並還偷罵蒲竺薈不公平，明明同樣都是差不多的類型，怎麼到林杰雁那裡，她就說人家是難得的帥哥暖男學長，而他就是中央空調，分明就是差別待遇。

蒲竺薈回應：「對啊，是真的很幸運，我看，這次甄柏言的眼光真的有進步，Jane確實不錯，就怕甄柏言這個中央空調會被嫌棄。」

「不會啦，柏言也不差啊，」林杰雁緩頰，替甄柏言說話，然後又問他：「那柏言你有什麼想法嗎？是打算就這樣默默暗戀？還是展開追求？」

「我……」甄柏言欲言又止，「我其實還沒想好，也沒有想那麼多，反正就順其自然。」

「嘖，」蒲竺薈不耐，「順其自然你個大頭鬼，你這白痴怎麼也不想想人家條件多好，你再順下去，女神就變別人的囉。」

「對啊，我同意竺薈說的，柏言，知道自己喜歡誰之後，就要趕快有所行動，這樣才不會錯過機會。」林杰雁以前輩的角度勸著。

而後兩個男生各懷心事，很正經地談著，可蒲竺薈卻因林杰雁贊同了自己的想法，開始逕自腦補各種浪漫的小劇場，直到甄柏言又開口。

「那，雁哥，你有什麼建議嗎？」

「對啊，」蒲竺薈回過神後繼續聒噪，「學長你見多識廣，幫我們想點辦法吧。」

「嗯……」林杰雁思考了一會兒後說：「辦法我沒有，你們又不是不知道，我本來就不是一個多活躍的人，不過，或許有個人可以幫忙。」

「誰？」蒲竺薈、甄柏言異口同聲。

「你們真有默契，同時問耶，」林杰雁哈哈大笑，緊接著揭曉這問題的答案：「我女友應該可以幫忙你們，她小時候跟 Jane 是鄰居，到現在都還有連絡，可能可以請她打聽看看與 Jane 有關的事，然後柏言你再投其所好，試試看。」

然後，蒲竺薈的臉瞬間垮了，本還想說些什麼的嘴立刻閉上，內心被林杰雁的這番話炸得嗡嗡作響。

甄柏言也是，被林杰雁驚得無法動彈，霎時忘記呼吸，更忘了要繼續與 Jane 有關的話題，只趕緊關切地望向蒲竺薈，擔心她承受不了打擊。

「你們怎麼啦？有這麼……驚喜嗎？即便是巨星那也是人，也會有鄰居啊，你們幹麼這麼驚訝呢？」

林杰雁不懂他們兩人這麼奇特的反應是為什麼，當然也就更不懂他們這樣全是因為他講的「我女友」這三個字。

半晌，甄柏言首先從這樣的震驚中回神，且不著痕跡地朝蒲竺薈坐得更加靠攏，彷彿在無聲告訴她：「沒事，我在這。」

而蒲竺薈則給甄柏言一個勉強的微笑才又對林杰雁說：「嗯，對啊，當然、當然驚喜囉，學長的女朋友竟然是Jane 的鄰居……好巧啊……」

「我也覺得好巧，我女友也跟我說Jane真的很優秀，柏言，你覺得呢？請我女友幫忙如何？」

甄柏言輕輕勾起嘴角，搖了頭，婉拒林杰雁的提議，「不要好了，這樣太刻意了，雖然知道要投其所好，可這非但不是長久之計，要是太過頭反而還會招人討厭，順其自然真的就好了。」

「哇，說得好啊！柏言，」對甄柏言的一番話，林杰雁讚不絕口，直誇他有遠見，「只是，這樣的話，你可能會很辛苦喔，畢竟Jane 不是普通女孩。」

「嗯，我知道，不過必要時，蒲竺薈也會幫我的。」甄柏言邊說邊拐了兩下蒲竺薈。

蒲竺薈心不在焉，只胡亂地「嗯」了聲。

林杰雁點頭表示了解，絲毫未察覺蒲竺薈的異樣，「竺薈的話我也放心，畢竟她鬼點子最多，有些時候很實用。」

「嗯，對、對啊。」蒲竺薈強顏歡笑，沒怎麼認真聽他們說了些什麼，只順著林杰雁的話回答。

接著三人又聊了會兒，林杰雁便因要去補習而告辭。
林杰雁離開後，甄柏言擔憂的看著蒲竺薈，終究還是忍不住問她：「妳還好嗎？」
「我看起來不好嗎？」蒲竺薈言不由衷地露齒而笑，那表情比哭還難看百倍，「我很好啊。」
見狀，甄柏言忍不住吐槽：「別這樣，很醜。」
蒲竺薈打了甄柏言，很大力，「你才醜，你全身上下都醜！」
「吼，」甄柏言摀著被打的地方，「很痛耶。」
意識到自己似乎下手太重後，蒲竺薈道歉，「好啦，對不起啦，我一時沒忍住……」
「這樣妳還好意思跟我說妳很好？」
「不然呢？哭給你看嗎？」
「妳該哭給他看。」
蒲竺薈哼了哼，「我才不要，我幹麼哭給他看，而且哭不就代表我輸了嗎。」
「這就對啦，」甄柏言點頭贊同，「我認識的蒲竺薈就像打不死的蟑螂那樣，生命力很頑強。」
甄柏言這話又惹得蒲竺薈不快，當即作勢就要再出手攻擊。
可見狀後甄柏言非但沒有閃躲，反還淡定從容，這下倒換蒲竺薈傻住了。
「妳幹麼不打？」望著蒲竺薈還懸在空中的手掌，甄柏言疑惑卻真摯，「妳就打吧，如果打完妳會好過些，妳就多打一點。」
這下，蒲竺薈是徹底被甄柏言搞懵了，直覺他不是吃錯藥，不然就是盤算著等被自己打傷再去跟自家父母告狀。

但是算了，看著甄柏言這認真想替她解氣的模樣，她這一掌再下不去手，只得趕緊轉移話題，「我懶得理你，我餓了，現在想吃東西。」

蒲竺薈拉著甄柏言到蛋糕櫃前，把剛剛為了在林杰雁面前表現得矜持而不敢點的蛋糕全部叫上，還額外加購了數杯飲料。

「妳會胖死。」看著眼前落落長的帳單，甄柏言不禁吐槽。

「你管我。」蒲竺薈撇撇嘴，埋頭往書包裡找皮夾。

可甄柏言手腳比她快很多，嘴上雖繼續碎唸，卻還是替她結帳了。

…♡……♡……♡……♡…

「甄柏言，蒲竺薈怎麼了？連考個試也能這麼嗨，考的都會嗎？」

和林杰雁見面的一個禮拜後，蒲竺薈他們考了第二次段考，看到蒲竺薈如此亢奮，敏如很是訝異，她記得第一次段考的時候，蒲竺薈縱然自信滿點，卻不曾這麼嗨到極點。

甄柏言看著蒲竺薈正跟其他同學嬉鬧的背影，心裡很清楚，她那樣只是想要欲蓋彌彰，越是故作輕鬆，代表心裡就越難受。

看來，她還沒從失戀的低潮走出，怕是還要再難過個一陣子。

不過，蒲竺薈這個人很特別，不開心的時候會反其道而行，所以在面對考試的這個部分也很不同，通常很多人會因為失戀之類的壞心情搞砸考試，唯獨她不一樣，越是不快，她反而讀得越起勁。

甄柏言懂的，但他沒告訴敏如，只淡淡表示自己也不知道。

「是喔，好吧，」敏如想到了件事，於是迅速轉換話題，「欸，是說房安品好像計劃寒假的時候要辦班遊，地點在她家深山的別墅裡，還要邀請Jane來演奏；你是班長，恰巧又是她喜歡的人，你跟她說一下，班遊嘛，班上同學們是贊成的，不過在深山裡那種烏漆抹黑的地方，說不定還有一些不知名的飛禽走獸、蛇啊什麼的，光想就怕，你也捨不得Jane到那種地方去吧。」

甄柏言想了好一會兒，但他確實對這件事沒有印象，「什麼班遊？什麼時候說的？」

「說是還在規劃中，等確定了會公開宣布，怎麼，房安品沒找你商量嗎？」

「沒。」

「喔，那現在你知道了，就幫忙班上的大家反應吧，要是真的堅持非得去那裡不可，你就告訴她安全第一，我可不想大家開心出遊，結果敗興而歸。」

甄柏言笑了，一臉認真，「我怎麼覺得妳也是個人才，這麼關心班裡的大小事，下學期有沒有考慮當下班長？我覺得妳很適合，需要我下次舉薦妳給班導嗎？」

敏如給他一記白眼，立馬拒絕，「這種吃力不討好的事我可不要！」

「好啦，」甄柏言說：「知道了，我會再去關心一下這件事。」

敏如聽後拱手作揖，向甄柏言行古禮，「那就先謝啦，這位大俠。」

甄柏言亦回了禮，「舉手之勞，好說好說。」

…♡……♡……♡……♡…

段考後的班會，因班級成績提升，所以他們班導也樂得讓大夥兒討論寒假班遊的事，同學們你一言、我一語地熱絡討論著，讓班導只能大力拍三下桌子才得以插話。

「你們靜下來好不好！你們這樣是要怎麼討論？先說，沒討論好的話，我們哪都不用去了，七嘴八舌、聒聒噪噪，成何體統？」班導訓完後接著說：「我們副班長有個提議，你們大家聽看看好不好，安品，上來說。」

房安品依著老師的話，步上講臺，在黑板上寫了一些資訊和程序，「我們房氏財團涉略的範圍很廣，房地產也是我們很重要的經營之一，所以我們買地、建屋也很謹慎，雖然這次推薦大家去的地方在深山裡，有些同學覺得很偏僻，可是安全的部分百分之百沒有疑慮，請大家放心。我問過家裡了，說是要招待各位，這一趟行程完全免費，也請大家不要小看大自然的魅力，我們那裡可以眺望這整個城市的夜景。」

班導滿意的點點頭，「嗯，安品的建議很好，老師覺得很不錯，大家覺得呢？」

其中一位同學舉起手，害怕地問，「老師，不覺得深山裡很危險嗎？」

班導看往房安品，亦即將問題丟給她回應，畢竟那是房安品他們家的別墅，她也不清楚。

房安品信誓旦旦，「很安全的，我們四周都有安裝監視器，也有請專業訓練過的保全人員巡視，不會有問題。」

「就不能去遊樂園之類的嗎？」

「去可以吃到飽的餐廳吃吃喝喝也可以啊。」

「就是說啊，那種地方有什麼好玩的，還不如回家睡覺。」

這一連串的反駁讓臺上的房安品呆若木雞，思緒空白到無法繼續說服下去。

「大家，」突然，有人站起來解救她，蒲笙薔看了一眼坐在旁邊的甄柏言，想著他要幹什麼，「就給副班長一次機會吧，那也是她很認真籌備出來的，而且我想，免費招待的方案應該也是她和家裡協調很久才謀來的福利，」他走到臺上，跟房安品站一起，「我覺得，如果你們有意見的話，並不能只出一張嘴，而是要跟她一樣，詳細計劃過了再說。」

房安品滿懷感激地看著甄柏言，想著這一定是老天爺派來她身邊的天使、救世主，要保護她生生世世、一輩子，簡直樂歪了，也更加地喜歡他了。

「謝謝班長，」房安品朝甄柏言的身旁站更靠近，甄柏言感覺到後立馬閃了幾步，拉開與她的距離，害房安品尷尬了數秒，可隨後房安品便恢復強勢的態度，朝臺下總結，「反正，有意見的話，你們自己訂計畫吧，如果沒有更好的，也沒人要動腦規劃，那就照我說的辦吧。」

房安品說完這句話後，整個教室瞬間鴉雀無聲，沒人敢說半個不字。

看著臺上房安品因甄柏言而尷尬的模樣，蒲竺薈忍不住偷笑，笑她實在夠笨，也不想想自己怎麼比得上Jane，真是愚蠢。

卻不料蒲竺薈的偷笑，在這樣安靜到連秒針走動都能聽清的環境中顯得格外突出，班導抓到之後便點她起來說話了。

「呃……老師，我……」蒲竺薈急中生智，「我的意思是，甄柏言和房安品的提議很好，不過，要是能弄個什麼音樂會、演唱會應該會更熱血沸騰，對吧？」

房安品聽後回答她：「這妳不用擔心，我已經計劃邀請Jane來幫忙了，我們有現成的音樂家，為什麼不要？如果你們覺得Jane還不夠的話，我也可以把熱音社跟吉他社請來，如果你們真的只想要大咖明星，那對我們房氏財團也不是什麼問題。」

「喔，」蒲竺薈點頭，她第一次覺得房安品家的勢力挺好用，「這樣吧，我個人喜歡Jane，其他隨妳高興，我只有個提議，」她看向甄柏言，用一種「你知道、我知道」的眼神示意，「我希望邀請Jane的部分可以由甄柏言執行，他們兩個認識，應該會比較好說話，你們覺得呢？」

「這……」房安品擔憂地看向甄柏言，怕他對這件事不感興趣，會造成困擾，「你方便嗎？不然還是我去吧，我……」

「我去吧！」看來房安品真是多慮了，要甄柏言去約他的女神，他答應都來不及了，又豈有拒絕的道理。

「好，決定了，」班導同意，「我們就決定去安品家的別墅，再由柏言幫我們邀請Jane，必要時也可以請靠譜的同學協助，好了，大家還有什麼問題嗎？」

見大家都沒有意見之後，班導滿意地點頭，說整個程序就麻煩房安品跟甄柏言操辦，剩下的就接近出遊日再說。

「行耶你，甄柏言，剛剛超帥，那個『我去吧！』說得鏗鏘有力，很有氣魄！」下課後蒲竺薈拐了甄柏言的臂膀，直誇他沒辜負她的期望。

甄柏言沒說話，只看著蒲竺薈，伸出自己的　雙手展示在她面前，抖個不停。

「天啊，你還好嗎？」蒲竺薈握住甄柏言的手左瞧瞧右瞧瞧，擔心他是不是病了，「抖得這麼嚴重，不舒服嗎？」

「不、不是，」甄柏言喝口水，故作鎮定，「我是太緊張。」

得知甄柏言顫抖的原因，蒲竺薈沒同學愛的哈哈大笑，「你很弱耶你，這種小事就讓你抖成這樣了，是有沒有那麼誇張啦。」

還處在茫茫然的甄柏言直接忽略蒲竺薈的風涼話，「雖然能去邀請 Jane 我很高興，可是，我不知道要怎麼讓她答應我們的邀請。」

「老師剛剛講那什麼來著，靠譜的同學，」蒲竺薈撥了撥她的長髮，自信地告訴甄柏言，「在你面前呢。」

面對蒲竺薈的說法甄柏言其實不大認同，可眼下卻好像只有她能投靠了。

抱著反正橫豎都是一死的想法，甄柏言也豁出去：「妳想……？」

「山人自有妙計，靜待下回解析。」

…♡……♡……♡……♡…

說什麼妙計、解析的，其實蒲竺薔也只是用了最簡單的辦法而已。

她利用社團時間跟Jane約好，說他們班的班長也就是甄柏言，有點公務要找她，然後告訴甄柏言約定的時間跟地點，就自己到九霄雲外玩去了，放著甄柏言孤家寡人上戰場，呃，不對，是上情場。

不過，這也不怪蒲竺薔，畢竟這確實是甄柏言他自己的事啊。

「那個，聽竺薔說你找我，怎麼了嗎？」放學後，校園隱密的一隅，Jane跟甄柏言準時碰面。

「呃……」甄柏言靦腆地搔搔頭，再故作從容地回答，「是這樣子的，我們班寒假要辦班遊，在一處深山的別墅裡，班上同學嫌這樣無聊，所以想邀請妳來演奏，不曉得方不方便？」

Jane點點頭，有聽說這件事，「前幾天房氏財團有打電話給我，有跟我聊到這件事，我還在猶豫，因為不知道你們班遊的那陣子我有沒有空檔。」

「這樣啊，」甄柏言思考了一會兒，「不然，妳可不可以告訴我妳哪幾天有空，我們的時間比較free，不像妳比較辛苦，如果妳願意的話，我們就把班遊定在妳有空的時間就好了。」

聽完甄柏言的提議後，Jane眼睛為之一亮，真心覺得這個提議很棒，「好啊！好啊！你說的這個方案很不錯，我怎麼沒想到呢，還好有你！不然我其實打算拒絕了，有點可惜呢。」

「沒有啦，這沒什麼。」Jane 的誇讚簡直讓甄柏言快要樂翻天，羞得不敢直視人家，直說著舉手之勞，要Jane別放在心上。

「那你等我，我回去確認日期後再跟你聯絡，可以給我你的手機號碼或是 LINE 嗎？」

兩個都給妳也沒關係啊！甄柏言在內心吶喊著。

他羞怯地不敢說任何話，他想他這副模樣要是被蒲竺薈瞧見了，一定會被笑個三、五年。

「柏言、柏言……」見甄柏言遲遲沒有動作，Jane 喚了幾聲。

甄柏言回過神後趕緊道歉並拿出手機，「妳的號碼是？」

最後，Jane 把電話號碼跟 LINE 的 ID 一併給了甄柏言，他興高采烈，就連夜晚睡著後，嘴角依舊是上揚的。

隔天一早，蒲竺薈到校後，看見甄柏言已經在座位上，便忍不住內心的好奇上前去打探。

「如何？昨天跟 Jane 談得怎樣了？」放下書包後，蒲竺薈問，順便放了包他們兩個都喜歡的餅乾在他桌上。

「謝啦，」甄柏言將餅乾收進書包，說得極簡：「她答應了，說之後再給我回覆。」

看甄柏言這麼平靜，彷彿沒發生什麼事的樣了，蒲竺薈挺沒勁，頓時失望的「蛤啊」了聲。

「幹麼？有什麼問題嗎？」

蒲竺薈見他根本沒意識到自己的用心良苦，氣得跳腳，「你是白痴嗎？你知不知道 Jane 每天的行程都很滿，我約很久才跟她約到昨天，你小子居然就跟她聊這個而已？」

「不然呢？我還要幹麼？」

蒲竺薈恨鐵不成鋼，「你不會邀請她去吃個晚餐嗎？她昨天一整晚都沒事耶，不然帶她去看電影嘛，真不知道原來你笨成這樣耶！」

甄柏言懵了，隨後趕緊想起自己還是有成果的，他從口袋掏出手機，滑給蒲竺薈看，「這個是她的號碼，然後這個是她的LINE，反正來日方長，何愁沒機會？」

「好吧，」蒲竺薈用「這還差不多」的眼神看甄柏言，「算你孺子可教，慢慢來也好，才不會把人家嚇跑。」

「承您吉言，」甄柏言拱手作揖，「小的定不會嚇跑她。」

「好說好說，那麼朕拭目以待。」

古裝劇看太多的兩人，演了一小齣，而甄柏言差點就順口回句：「喳！」了。

…♡………♡………♡………♡…

這天，輪到蒲竺薈當值日生，由於衛生股長跟房安品交情不錯，一個公報私仇便讓蒲竺薈負責倒廚餘桶。

蒲竺薈邊走邊沒氣質地在心裡碎唸，說這房安品也夠會耍心機，和老師與甄柏言討論班遊，昨天不約、前天不約，偏偏約了今天，敏如更不用想了，說是去參加科展，請一禮拜的公假，害她連個救兵都沒有，是怎樣？

他們教室離垃圾場有段距離，還不是普通遠，他們必須越過一個操場，再走過兩條柏油路，最後還要轉三個彎才能抵達，而路途遙遠就算了，偏偏今天的廚餘還重得要命，她蒲竺薈平時手不能提、肩不能扛，怎麼受得了？

蒲竺薈努力堅持了大段路後，發現真的承受不住，氣怒地將廚餘桶摔在地上，桶子搖晃一陣後又補踹上一腳，但那廚餘桶卻彷彿要跟她作對那般，依舊平安無事地立在原地，這頑強的情況讓她更惱了。

突然，一陣爽朗的笑聲傳來，笑聲的主人似乎關注這場蒲竺薈 vs. 廚餘桶之戰已久。

「笑屁喔？沒笑過？」還沒看清來人，蒲竺薈已搶先開嗆，但轉頭看仔細後她卻恨不得把剛才的自己掐死。

「竺薈別生氣，我幫妳吧。」林杰雁溫聲地對蒲竺薈說，一點也不介意她剛剛耍的小性子。

看著林杰雁將自己手上的資源回收箱疊到她的廚餘桶上，蒲竺薈又羞又窘，只默默跟著不敢說話。

感覺到蒲竺薈的尷尬後，林杰雁趕緊解釋：「對不起啊竺薈，我剛剛不是要取笑妳的意思，只是覺得妳很可愛所以才忍不住。」

這話說得讓蒲竺薈更不好意思了，於是她很小聲地問，像在確認：「學長覺得我很可愛……？」

「對啊，我一直都覺得竺薈妳很可愛。」林杰雁又說：「柏言沒跟妳說嗎？我有跟他說過，我覺得妳挺可愛的，要他別這麼喜歡鬧妳。」

聞言，蒲竺薈的雙頰越來越燙，頭也低得不能再低，因為她怕她那通紅的臉會被看到，更怕自己的心意被戳穿。

見蒲竺薈沒反應，林杰雁以為蒲竺薈覺得自己在騙她，所以他繼續補充：「我是說真的，我從認識妳的時候，就覺得妳很可愛了，連罵人的時候也是。」

「罵人的時候嗎？」蒲竺薈猛地抬頭，不可置信，「學長……你開玩笑的吧？」

「我沒有開玩笑喔，我是認真的。」

望著林杰雁溫柔的笑容，蒲竺薈霎時出神，竟還差點就要告白。

只是幸好啊，幸好只是差點。

因為，剛到垃圾場的時候，林杰雁就走向一個管理垃圾場的女生，鄭重向蒲竺薈介紹：「這是我的女友，跟我同班，現在是學務處派來負責垃圾場維護的幹部。」

「學、學姐好。」蒲竺薈趕緊跟眼前這位留有俏麗短髮，看起來很酷的女生打招呼。

「妳好，妳就是一年級的蒲竺薈對吧？我有聽阿雁提過妳，我們幫妳把廚餘解決吧。」接著她的廚餘桶便被他們兩個拿走，只讓她站在垃圾場外等候。

看著他們兩人一起離開的背影，蒲竺薈摸摸鼻子，好一陣落寞，想著待會兒放學要拉甄柏言去吃什麼才比較解悶。

過了半晌，當蒲竺薈還在想是要去吃芋圓冰還是烤地瓜時，林杰雁拿著清空了的乾淨桶子和回收箱出來，「我女友還有事，她讓我幫妳把廚餘桶送回去。」

蒲竺薈苦笑，「這樣啊，那就謝謝學長跟學姐了。」

「不客氣，反正也順路。」

待走有一段後，林杰雁突然想到，「妳怎麼沒讓柏言來幫妳？這麼重又這麼遠，妳也太辛苦，他去哪了？」

「那小子去開會了，他要是在的話，我一定會拗他友情相挺來幫我。」說完，林杰雁的表情似乎有些異樣。

查覺到林杰雁表情變化的蒲竺薈趕緊道歉，深怕自己說錯話，「學長，不好意思，我是不是哪裡說錯了？」

林杰雁隨即搖頭澄清，「沒有，我只是覺得妳跟柏言一直都很好，很羨慕而已。」

「學長你也不用羨慕我啊，你跟學姐感情也很好，我也很羨慕。」

林杰雁頓了頓，沒再說話繼續走，待快到蒲竺薈的教室時，他停下來。

見林杰雁沒要繼續前行，蒲竺薈疑惑地問：「學長？」

「竺薈，妳跟柏言沒有在交往嗎？」

面對林杰雁突如其來的問題，蒲竺薈懵了，「學長……你這是什麼意思呢？」

…♡……♡……♡……♡…

「甄柏言，陪我去吃東西。」放學的鐘聲才剛打響，蒲竺薈就立刻伸手拍了甄柏言。

憑著與蒲竺薈多年的默契，甄柏言察覺可能發生了什麼，於是也就不多言：「嗯，吃什麼？」

「你想……」蒲竺薈的「吃什麼」這三個字都還沒說出口，就先殺出房安品這個程咬金，說自己對今天他們開會的內容還有些不懂，要甄柏言為她講解，不要搭理蒲竺薈。

「呦，我還以為我們房大副班長無所不知、無所不曉，原來也有不懂的啊。」出現的真是時候，蒲竺薈正愁沒人可以對罵，正想發洩發洩，沒想到就自己送上門了。

「怎麼？蒲竺薈妳就什麼都懂？我和甄柏言這麼辛苦，不就是為了大家班遊的事嗎？妳要是很懂，就換妳來執行，如果不懂，就閉上嘴吧！」

蒲竺薈氣定神閒地打量房安品，然後笑著說：「我不是很懂啦，副班長過獎了其實，我不過就是看不慣仗勢欺人、狐假虎威還有表裡不一的人罷了。」

房安品被激怒了，抓著蒲竺薈的手肘問得大聲，「妳什麼意思？妳說誰仗勢欺人、狐假虎威、表裡不一了？」

「心知肚明，怎麼？不敢承認？」

房安品加重力道，弄得蒲竺薈吃痛，但在氣頭上，又是這麼要強的個性，她怎麼可能投降？

甄柏言見狀，當機立斷地將蒲竺薈與房安品分開，並牽著蒲竺薈對房安品說：「抱歉，我跟蒲竺薈有約，具體細項我已經都跟班導說了，妳有問題請去找班導。蒲竺薈，我們走吧。」

說完，甄柏言就幫蒲竺薈把東西迅速收進書包，也收好自己的後，拉著蒲竺薈一同出教室。

最後，他們既不是吃芋圓冰也不是吃烤番薯，而是去吃燒仙草。

「手過來。」趁著燒仙草還沒上來的空檔，甄柏言伸手欲要關心蒲竺薈的傷勢。

蒲竺薈不給，反倒把被房安品掐痛了的手藏到背後，「沒什麼好看，不用看。」

「好，」甄柏言也不強迫她，直接切入重點，「那妳今天發生了什麼事？」

蒲竺薈聳聳肩，漫不經心的說：「沒什麼啊。」

「喔，是嗎？」甄柏言不相信，又再問一遍，誰知竟得到了相同答案。

算了，既然蒲竺薈不想正面回應，那甄柏言就用智取，套話試試。

很快的，他們點的餐迅速送上，他們倆吃了好半晌，在甄柏言仍然苦思該怎麼讓蒲竺薈說出實話時，蒲竺薈沒忍住，還是先開了口：「那個，我今天跟學長的女友見面了，倒廚餘的時候。」

甄柏言舀燒仙草的手一頓，接著聽蒲竺薈繼續說。

「是一個感覺很率性瀟灑的人，個性也很不錯，除了和學長一起幫我把廚餘丟了還幫我們把廚餘桶洗得很乾淨。」

「所以……」甄柏言秒懂，「妳心情不好，是因為這個？」

蒲竺薈愣了愣，認真思考了一陣，然後搖搖頭，「好像也不是，雖然我喜歡學長，理應對學長的女友有敵意，但是沒辦法，她人真的還不錯，至少沒有房安品那麼討人厭。」

「那是為什麼？」

蒲竺薈聳聳肩，表示自己也不知道，「倒是我覺得學長怪怪的，他陪我拎著廚餘桶回來後，居然很驚訝地問我說我跟你沒有在交往嗎。」

人家流行的是噴飯，但這話卻聽得甄柏言差點噴了燒仙草，「妳不會胡言亂語吧，要是妳亂講的東西傳到Jane那裡去，我就……」

「就怎樣？」蒲竺薈瞪甄柏言一眼，「你才別胡思亂想，我跟你啊，不、可、能！就是全世界都沒人了，我也不跟你這個討厭鬼在一起！」

聽完這番話，甄柏言氣得跳腳，「彼此彼此，我也絕對不會跟妳在一起，因為妳又醜、又差，脾氣還這麼任性，簡直不可理喻！」

「嘖，」蒲竺薈拿起碗裡的湯匙作勢要打過去，「甄柏言，我還沒說你既難看又沒長處，而且一點也不紳士，除此之外還愛計較，你倒開始說我的不是了？」

「怎樣？我講的是事實，妳那是汙衊！」

「不怎樣！我也是陳述事實！」

「怎樣！」

「……」

兩人爭吵的聲音越來越大，不得不引來其他客人還有店家的側目，在發現自己失態後，他們才終於閉嘴，繼續安靜吃東西。

吃著吃著，蒲笙薈還是很不甘心地抬頭對甄柏言說：「都你害的。」

甄柏言也不繼續跟她嚷嚷，畢竟這大庭廣眾還是不適合吵架，反正君子報仇十年不晚，後會有期，何須逞一時之快。

待好一會兒，吃飽喝足，他們出了燒仙草店，騎車回家的路上他們都很安靜。

但甄柏言還是想知道究竟蒲笙薈說了什麼，所以打破沉默，「欸，好啦，其實我就只是想知道你跟林杰雁說了什麼而已，沒其他意思。」

「……」沒說話，蒲笙薈只睨了他一眼。

見蒲笙薈大小姐還不高興，甄柏言擠眉弄眼地又補充，「我的錯我的錯，還請皇上責罰。」

蒲笙薈剎車，覺得甄柏言的樣子頗好笑，便很快氣消，還跟他玩了起來，「那，拖下去仗斃算了。」

「皇上，您捨得讓您的得力奴才就這麼死得不明不白嗎？起碼您得告訴我您跟林杰雁大人密談了什麼，我才得以含笑九泉哪。」

甄柏言的這番話弄得蒲笙薈哭笑不得，直罵他胡說八道。

「好啦，不玩了。」

「好吧，」蒲笙薈妥協，「也沒說什麼，看他問得那麼認真，我也不好意思澆他冷水，我只好回他說我考慮看看，也沒說其他的什麼，你放心吧。」

「妳考慮什麼啊，」甄柏言蹙眉，「妳別拉著我當障眼法，大家看得出來而且都知道，我們不合、也不可能。」

蒲竺薈一臉嫌棄，說要不是迫不得已她才不想這麼說嘞。「我也沒辦法啊，而且如果我不這樣說，難道要直接告訴他我喜歡他嗎？」

「對啊，」甄柏言斬釘截鐵，「知道喜歡了就快追啊！」

蒲竺薈無言，罵他只會說些風涼話，「他有女朋友了！我不能、也不可以！」

「那就等他們分手啊！」逞口舌之快，甄柏言也顧不得太多，「而且誰說有女友就不能追？」

蒲竺薈對甄柏言翻了個史上最大的白眼，「你真是不可理喻！你知道你在說什麼嗎？如果今天換成是Jane有男友了，你會這麼做嗎？」

「……」甄柏言意識到自己說錯了話，趕忙閉嘴。

蒲竺薈知道甄柏言是不想她不開心，才會跟她講這些，可她還是語重心長地說：「我是喜歡學長，但這樣並不代表我就要跟他在一起，如果他女友能帶給他我給不了的幸福，那我憑什麼非得跟他交往？」

甄柏言邊嘆氣邊搖頭，「妳只顧著人家幸福快樂，那妳自己呢？」

「不知道。」蒲竺薈淡淡地說完，接著便繼續往前騎。

直到蒲竺薈抵達家門，人都已經進屋，甄柏言仍舊陷在剛才的言談中。他無法明白平時如此霸道的蒲竺薈怎麼就如此灑脫，更不明白他自己。

總是溫文爾雅好脾氣的甄柏言，怎樣也想不通為何自己剛剛這麼生氣、這麼焦躁、這麼替蒲竺薔抱不平。

但這份怒氣裡又參雜了一些陌生又詭異的情緒，讓甄柏言一時半會兒無法平靜……

第四次討厭你　弄巧成拙在一起

接近期末考的教室裡，大家卯足了勁，特別是蒲竺薈跟甄柏言這兩個死對頭。

上次第二次段考，他們又平手，一起當班排第一就算了，甚至也並列校排第一名，實在有夠丟臉！所以這次他們相互放話，說無論如何都非贏不可，要對方走著瞧。

而房安品自上次挑釁蒲竺薈不成，反惹甄柏言不爽後，也鮮少再來自找麻煩，只想著好好把班遊辦好，甄柏言就會對自己另眼相看。

除此之外，房安品還似乎在計劃著什麼……

「欸，你們兩個幹麼那麼認真，反正你們成績已經那麼好了，這學期的最後一次考試，就放輕鬆吧。」看著拚命到還不吃午飯的兩人，敏如趕緊出聲勸說，「吃飯最要緊，快點吃飯吧。」

「不行。」甄柏言和蒲竺薈異口同聲。

見狀，習以為常的敏如也不驚訝，只說了「好吧」便打開自己的便當盒開動。

而坐離敏如最近的蒲竺薈，本來還能靠意志力支撐一下，但最終還是敵不過食物的誘惑，棄械似的闔上書本，將桌子清空，拿出自己的午餐。

「甄柏言，吃飯吧，蒲竺薈都休息了。」敏如吆喝。

甄柏言見盛情難卻，也帶著自己的午飯和椅子到蒲竺薈她們那裡。

「甄柏言，你們班遊的事討論得如何？」敏如問。

甄柏言打開盒蓋，吃了一口，「不知道，因為蒲竺薈，我得罪了房安品，這陣子班遊的事她都說她跟老師處理就好，不用麻煩我。」

「嘖嘖，」蒲竺薈不屑房安品公私不分，還順便從甄柏言碗裡夾走一塊馬鈴薯，「你不會跟老師說，你是班長，要交給你處理嗎？」

「我？我憑什麼處理？」甄柏言反問，她是不知道自己這次班遊要去誰的地盤嗎？

「你笨嗎？你是班長耶。」

「蒲竺薈妳才笨，」搖搖頭，敏如不得不出來為甄柏言說話，訝異聰明如蒲竺薈怎麼會連這種道理也不懂，「我們這次是要去房安品家裡的別墅玩，再怎麼說人家也是主人，妳怎麼可以反客為主，到時候人家生氣，我們整個班就都不用玩了。」

蒲竺薈放下筷子，說得胸有成竹，「那還不簡單，換地方就好了啊，而且，她翻臉就翻臉吧，反正大家最一開始本來就不同意去他們那裡啊，之後看是要改地方或者班遊取消也可以啊。」

「妳喔，真是小心眼，」敏如忍不住叨唸，「就讓一下人家也不會怎樣，她這麼為班遊勞心勞力，而且，妳怎麼也不算一下今天離學期末剩幾天，這十天不到，妳要大家重新投票，然後再從頭規劃會不會太晚？」

蒲竺薈叼著筷子撇撇嘴，滿不在乎的咕噥，「班遊就這麼重要嗎……」

「重要，當然重要，」敏如用頭朝甄柏言比了比，「而且他這傢伙不是邀請Jane了嗎？臨時取消或改時間也會讓人困擾吧。」

「嗯，好吧，那，看在Jane的面子上，我這次就不跟房安品計較。」說著，蒲笙薈又光明正大地夾了塊甄柏言的馬鈴薯，還大讚那個好吃。

甄柏言也沒表示什麼，只默默動了自己的筷子往蒲笙薈碗裡渡了個雞塊，他知道那是蒲笙薈自己做的。

「唉呦，甄柏言你小子好眼光，這是本姑娘昨天花了好久時間做的，而且還限量呢。」說完，蒲笙薈像深怕甄柏言又突襲自己似的，就捧著餐盒，開啟防衛模式不讓動。

「好，我不動、我不動，吃飯、吃飯、吃飯。」甄柏言見蒲笙薈那小氣模樣也不跟她計較，反正他習慣了，她那愛吃、貪吃的勁兒他可從五歲就見識到了，要是不讓她幾分，等會兒免不了又是一場惡戰。

而覺得他們兩個很有可能又吵起架，敏如趕緊轉移話題，「所以，你跟Jane約好了嗎？」

搖搖頭，甄柏言說：「還沒，最後一次聯絡是上上禮拜，她那時候傳訊息來說有一場市府主辦的大型演奏會時間一直沒喬攏，所以也在等對方的通知，因為這樣，所以班遊的日子才一直沒決定好。」

「難怪……原來是這樣啊，我還想說怎麼日期一直都沒有確定，原來問題是出在Jane那裡啊。」突然，敏如像想到什麼似的叫了一聲，「不行再拖下去了，蒲笙薈，今天不就有社團課嗎？我們趁那時候問她啊。」

蒲竺薈眼睛為之一亮，大讚敏如真是聰明絕頂，「好啊！等我們成功約到Jane，再來跟甄柏言邀功！」

甄柏言倒也大方，一口就答應了蒲竺薈，說要是Jane真被她們請來了，就請她們一人一頓飯。

「好啊！」敏如歡呼。

蒲竺薈也沒什麼特別的表示，只勢在必得地告訴甄柏言錢多存一點，她要不客氣地大蹭、特蹭、豪華蹭。

「妳以為我還不知道妳啊，」甄柏言反駁，「妳就只是愛吃、貪吃、胡亂吃，是吃得下多少？有多能吃？」

蒲竺薈不以為然地撇撇嘴，還瞪他一眼，「怎樣？你有啥意見，反正你帶夠錢就對了，管我怎麼吃。」

甄柏言無奈，向敏如投去求救的眼光。

敏如搖搖頭，愛莫能助，「冤有頭債有主，請二位自己解決。」

說完他們三人便繼續吃飯。

在他們三人快吃完午飯的時候，蒲竺薈跟甄柏言同時喊了對方的名字。

「幹麼？」蒲竺薈問。

甄柏言回答：「沒，就我這裡還有兩塊馬鈴薯，問妳要不要，妳呢？」

「要，」接著，蒲竺薈伸長手，將馬鈴薯夾進口中，再把自己碗裡最後一個雞塊夾給他，「幫我吃掉吧，我吃不下了。」

…♡……♡……♡……♡…

「Jane，那個，我們兩個有事找妳商量，方便嗎？」趁著社團練琴的休息時間，蒲竺薈找了Jane到教室外面。

「可以啊，發生什麼事了嗎？」

蒲竺薈用手肘頂了頂敏如，「還是妳來說吧，妳對這件事比我還有興趣。」

「我？」敏如指著自己，一副「干我屁事」的無奈模樣，但礙於已被蒲竺薈推出來和Jane面面相覷，也只好由她說了：「就是我們班班遊的事，甄柏言說有邀請妳過來給我們當特別嘉賓，可是日子一直沒約好，所以想來跟妳確認一下。」

「啊，不好意思，」聞言，Jane趕緊道歉，「前陣子柏言就有再問我一次時間了，但因為市府那邊的演出還沒敲定日期，所以我也還不能跟妳們確定，是我不好，本來要再跟柏言提一下，沒想到忙著忙著就忘了，真是不好意思，對不起。」

「別別別，」蒲竺薈趕緊揮舞雙手，要Jane別這麼說，「這沒什麼，沒事沒事！沒關係！」

「對啊，千萬別這麼說，是我們邀請妳的，當然要以妳的行程為重，」說完，敏如又問：

「那，我們方不方便加一下妳的聯絡資料，這樣，妳確定之後再跟我們說？」

「嗯？」Jane疑問，「跟妳們說嗎？那柏言那邊呢？」

「呃……」為了吃，蒲竺薔她上刀山下油鍋都可以，更何況是小小的胡謅了：「他身為班長，最近有點忙碌，因為他本人也挺注重成績的，所以就請我們幫他分擔了。」

「喔，原來是這樣，那好，我們加一下手機跟LINE吧。」Jane拿出手機與蒲竺薔、敏如交換聯絡資訊，並創了她們三人的群組，「我明早再問問市府人員，如果有答案了一定第一時間跟妳們說。」

「好啊！」蒲竺薔笑著謝謝Jane，並仔細盤算該叫甄柏言請吃哪一家餐廳才算過癮。

隔天一早，蒲竺薔才剛走進教室準備入坐，就收到Jane發過來的訊息。

訊息裡清楚交代日期還有時間，並請蒲竺薔她們帶話跟甄柏言說不好意思，讓他久等了。

「看到沒有？我和敏如贏了！」

甄柏言連教室都還沒踏入，便在走廊上被蒲竺薔歡快攔截，蒲竺薔迫不及待地拿出手機，將剛剛Jane發的訊息show給他看，並嚷著要吃學校附近新開的一間日式料理。

完整將訊息看完後，甄柏言大吃一驚，「真的假的啦，妳們約到了？」

蒲竺薔氣勢如虹，自信地說：「我蒲竺薔親自出馬，哪次失敗過了？而且都讓你看訊息紀錄了，還能騙你不成？」

甄柏言雖仍未回神，但還是認輸地點點頭，「嗯，厲害。」

「現在你才知道我厲害啊，」甄柏言難得的誇讚讓蒲竺薈尾巴都翹了，「我哪像你，磨磨蹭蹭，到時候開天窗，大家都沒戲唱。」

「喂，」敏如搖了搖還出神的甄柏言，「你還不去找房安品和班導，告訴她們這個好消息嗎？」

「喔，」這會兒甄柏言才終於回神，「好，我這就去找班導。」

說完，也不等蒲竺薈和敏如回應，甄柏言就拿著蒲竺薈的手機快速出了教室，往教師辦公室衝去。

「喂！甄柏言！我的手機！……」

敏如笑著搖搖頭，「妳看他開心成那樣！」

「對啊，」蒲竺薈同意敏如，「很少看見他這麼開心又興奮的樣子，可見他是真的很喜歡Jane吧。」

「真的假的？」敏如問：「他以前都沒有喜歡的人嗎？」

蒲竺薈很認真地思考了下，然後搖搖頭，「應該沒有，就算有，可能也只是剛萌芽的那種好感而已。」

「是喔，」敏如依舊說了句老話：「我原本真的以為妳跟甄柏言才是一對，你們真的沒有考慮過嗎？」

蒲竺薈沒忍住打敏如一下的衝動，害她大叫了聲：「很痛欸。」

「會痛就好，這樣表示妳還醒著，」蒲竺薈接著說：「我嘛，跟甄柏言有考慮過喔。」

「真的?!」敏如抱怨：「那妳幹麼還打我？」

「我們確實有考慮過，要不要這輩子、下輩子、下下輩子、下下下輩子……最好都別見面了，否則見一次，我們就斷殺一次。」

…♡……♡……♡……♡…

很快地，高中的第一個學期過去了。

寒假期間，大部分同學都很期待的班遊終於到來。

但，甄柏言卻苦著一張臉，坐在超商的用餐區哀怨地吃著三角飯糰配關東煮湯。

「怎麼了？發生什麼事了？」蒲竺薈掛掉甄柏言的電話沒多久，也趕來跟他會合，「Jane 不來了嗎？還是……？」

「不是，是這次考試，我考差了。」甄柏言悶悶地說。

「不是吧，真的假的？」蒲竺薈不敢相信地睜大眼睛，「我這次考得也沒說很高分啊，你怎麼會？」

甄柏言搖頭，說不知道。

「你總分多少？排名第幾？」

「差三分滿分，第二，妳呢？」

蒲竺薈拿出手機滑了下做確認，小心翼翼地說：「其實……我也就高你一分而已，我們……」

「妳不用安慰我，」甄柏言喪志的說：「我自己知道有多糟糕。」

蒲竺薈拍拍甄柏言的肩，明了的說：「那你等一下，我買個吃的馬上過來。」

「嗯。」

半晌，蒲竺薈從架子上搬了些零食、甜點，還有兩瓶奶茶結帳，回到甄柏言所在的用餐區。

「喏，給你。」蒲竺薈將其中一瓶奶茶還有兩包洋芋片遞給甄柏言。

接過之後，甄柏言只簡單道謝便撕開包裝、轉開瓶蓋，開動。

其實，別看甄柏言平常那副樣子，他自己也是很在乎成績的。

但，是輸是贏他本人不那麼在意，他只介意成績如何。

然後，要是不小心考差了，他就會打給蒲竺薈，要她出來陪他吃一頓，也因為考差了，所以不用吃太好，超商的就很夠了。

而蒲竺薈不同，對她而言只要不考得太離譜都不算爛，差別在於，她只在意是不是輸給甄柏言。

他們都長大了，再不是當年五歲的時候，所以，萬一蒲竺薈真的輸給甄柏言，她也不會跟他大哭大鬧，也就是簡單地約出來大啖一番。

他們吃了良久，終是忍不住這樣的氣氛太過凝重，蒲竺薈率先開口，「所以……班遊的行程有什麼？」

「喔，等我一下，」甄柏言拿出手機，點開他與房安品還有班導的討論群組，「妳看。」

蒲竺薈接過甄柏言的手機，開始看他們的對話，而當她看到房安品提議要玩鬼屋闖關後怪叫了一聲，「啥?!這個房安品有沒有搞錯，好端端的幹麼辦什麼鬼屋的活動，而且老師居然還答應了，甄柏言，你怎麼不吱一聲，你明明知道我會怕這個啊。」

聳聳肩，甄柏言喝了口奶茶，說自己也沒辦法，「還不都是因為妳，現在我只要提議什麼，房安品總會說這是她負責的範圍，請我不要干涉，妳看看，我這都是為了誰才如此狼狽啊。」

然而，蒲竺薈並沒有因此而感動，反倒提醒起甄柏言來，「喔喔，這個房安品真的很小心眼耶，一種由愛生恨的節奏，嘖嘖，甄柏言，你還是小心一點你自己的安危吧，我一點也不想在社會頭條上看到你。」

「就知道妳淨會說些五四三，算了，反正到時候我再跟妳一起走就好了，沒什麼好怕的。」

蒲竺薈大力拍了桌子，邊說邊搖頭，「那怎麼可以！你別忘了 Jane 那天也會來耶！你不能跟我，你要跟她！」

甄柏言拿過自己的手機，再打開另一個對話框，「妳看，這是我和 Jane 最近的訊息，她跟我說因為她隔天還有活動，所以為我們表演完後，就得先走了，鬼屋活動她玩不到，不然我當然跟她啊，哪輪得到妳，妳以為喔。」

毫不意外地，蒲竺薈賜給甄柏言幾掌落在手臂上，邊打邊碎唸：「你這重色輕友、背信棄義的傢伙，看下次我還幫不幫你，你吃屎去吧！」

「好了好了啦，我就說說而已，有必要這樣嗎？」

「哼。」蒲竺薈撇過頭不與他說話。

甄柏言蹲低身子，將雙手舉高，一副準備好要受刑的樣子，「我的皇上啊，微臣已經知錯，再不敢口出狂言，還請皇上責罰。」

「這還差不多，也罷，朕寬宏大量不與你計較，但是，倘若那天你沒保護好朕，讓朕受了驚嚇，朕就誅你九族、滅你滿門。」

「是是是，微臣遵命，微臣就算肝腦塗地，也定誓死保護皇上周全。」

…♡……♡……♡……♡…

讓甄柏言、房安品和他們班導忙了那麼久的班遊，如今總算粉墨登場。

歷經了顛簸、曲折，大家披荊斬棘、排除萬難之後，皇天終不負苦心人。

蒲竺薈班上一行人，搭著房安品安排好的遊覽車，浩浩蕩蕩地駛進房家深山內的大別墅。

不得不說，這大別墅真的是華美寬闊，與大夥兒原本想像的簡直是天壤之別，原本他們還在想，這處一定是個鳥不生蛋、雞不拉屎的烏黑之地，大概恐怖得令人避之唯恐不及，未曾想過實際上竟是如此清新，鳥語花香、柳枝碧綠，自然而秀美，堪比仙境。

「天啊！這真的是在深山裡嗎？」

「真的假的啊？怎麼這麼漂亮啊？」

「哇！好夢幻啊！」

「……」

同學們興奮、驚喜、激動的聲音此起彼落，紛紛誇讚起眼前的美麗建築。

突然，蒲竺薈很煞風景地說：「欸，甄柏言、敏如，你們說，在深山裡面蓋這個，又是大別墅、大水池的，算不算違建？」

敏如搖搖頭，說自己也不確定，但要蒲竺薈別沒事找事。

甄柏言則回說：「應該不會吧，要真的是違建的話，她會這麼光明正大地把我們帶來嗎？」

「咳咳……在說什麼呢。」房安品聽到他們的言論後，走到人群最前面，很大聲地解答，「我們房氏財團最重視的就是守法，所以我們旗下所有東西都是合法的，也包括這棟建築。蒲竺薈這樣妳滿意了嗎？」

本來蒲竺薈還想回嘴幾句，但在敏如的勸說下只能撇撇嘴，暫時放她一馬。

敏如接著說：「妳呀，大家出來玩，別這樣把局面鬧僵，妳們要是真的吵起來，那等下怎麼玩？」

「反正，我就是看不慣。」誰叫房安品出那什麼鬼屋闖關的餿主意，害她只要一想到就提不起勁。

語畢不久，由班導和房安品帶著全班入內，兩人一房，班上原本就規劃好房間和床位，只待同學們放置好個人行李便可。

房安品為他們安排了很多團康活動，剛好別墅地很大、庭院很廣，玩起來很自在。

傍晚，吃晚飯前，房安品帶了一個叫心電感應合併真心話大冒險的遊戲。

「等一下前面會擺上晚餐的菜單，被叫到的人可以來前面，點一個人猜他想吃什麼，要是猜錯了就要選真心話或大冒險當處罰。」

臺上房安品講得口沫橫飛，可蒲竺薈卻一點也不買帳，覺得今天一整天玩的這些遊戲都好像是給幼稚園小孩玩的，完全不有趣，無聊到了極點。

而坐在蒲竺薈身邊的甄柏言當然察覺到了她大小姐的怒意，立馬出聲安撫：「妳別鬧，蒲竺薈，等一下就開飯了，忍一忍。」

「哼，什麼鬼啊，爛遊戲。」撇撇嘴，蒲竺薈咕噥了聲，看在準備要開飯的面子上，還是乖乖陪著玩。

「我們按照座號來吧，比較公平。」接著，就在房安品叫第一個號碼之後，這個遊戲開始了。

可這類型的遊戲實在整人，才玩不到一半，就哀鴻遍野，但因為趣味性十足，仍是逗得大家開心無比。

玩了半晌，輪到甄柏言。

甄柏言走到前面，看了看菜單，想了下，確定好答案後，便轉過身問房安品：「我可以點人了嗎？」

怎料房安品竟然回答他：「那你可以點我嗎？」

整個場子就在這句話後沸騰起來，歡呼聲也有、起鬨的也有，十分吵鬧。

甄柏言抿緊脣，用甚是無奈的表情求救蒲竺薈。

想當然耳，甄柏言的求救訊號，蒲竺薈也接收到了，她抬頭認真看菜單，又看了看甄柏言，最後關頭的時候說：「這傢伙今晚想吃……」

「等等！」蒲竺薈的話被房安品打斷，「人家甄柏言有說要選妳嗎？妳怎麼這麼厚顏無恥？插什麼嘴啊？」

「我怎麼了，妳嫉妒了是吧？」蒲竺薈走到最前面跟房安品回嘴，「怎樣？我就是了解甄柏言，我就是懂他難道不行嗎？」

「妳！」房安品不服，卻又無力反駁，只能氣結。

「我怎樣？妳有意見？」蒲竺薈聳聳肩又翻了白眼，想著算了算了都不重要了，吵起來就吵起來，反正她也沒在怕。

看見房安品氣到跳腳的場面，敏如後悔剛剛沒有趕緊拉住蒲竺薈，現在倒好，大家都別玩了。

正當大家以為房安品就要破口大罵時，有個同學話說得很及時，他提議既然是蒲竺薈不守遊戲規則的，那就要罰蒲竺薈。

蒲竺薈也很瀟灑乾脆：「怎麼罰？」

那同學回：「比照輸了的規則，真心話大冒險二擇一。」

蒲竺薈沉默了下，似是在思考。

「蒲竺薈，妳沒有二擇一這麼簡單，」房安品還是很生氣，趁著這個勢，她出了兩個難題刁難，「妳必須兩個都選，真心話，說妳跟甄柏言到底什麼關係，大冒險，在現場選一個男生，親下去！」

全場都傻了。

這個房安品大小姐玩的是哪齣？這都什麼跟什麼？

蒲竺薈雙拳緊握，忍住想揍人的衝動，笑得很牽強，「我可以告訴大家我跟甄柏言就是同班同學的關係，這沒什麼好討論、也沒什麼好誤會的，但要我親人，這個我不接受！而且這是性騷擾，我拒絕！」

「妳要拒絕那好啊！」房安品雙手環胸，氣焰囂張，「在這裡我是主辦者，妳要是不滿意，妳現在就可以離開。」

蒲竺薈也不是吃素的，當然不會任由房安品隨便欺負，她霸氣喊道：「好啊，反正老娘早就不想繼續待在這裡了，不用妳趕！我自己走！」

「慢走不送！」蒲竺薈已經走了一段路，但房安品還是不肯罷休，繼續在後頭嚷嚷，「別忘了這裡可是深山喔，外面有什麼恐怖的飛禽走獸我可救不了妳！」

雖然同學們也覺得房安品的行為太超過，但卻害怕自己也落得如此下場而不敢幫忙說話。

接著，甄柏言看不下去，敏如也坐不住了。

「你們要去哪？回來！」房安品叫喊著。

敏如只瞪她一眼，沒有回她，逕自往蒲竺薔的方向跑去。

但甄柏言就沒那麼自由了，房安品竟上前將他攔住，並當眾告白：「甄柏言，我是真的喜歡你才會跟你賭氣，現在我已經不生你氣了，你應該看得出來吧，所以你不要走。」

「房安品，我現在就把話說清楚，我不喜歡妳，請妳讓開！」平時溫潤的甄柏言難得大動肝火，毫不憐香惜玉地把房安品從自己前面推走，並補充說明：「剛剛蒲竺薔說錯了，我跟她早就超乎一般同學的關係，我們已經是彼此最不可或缺的摯友，是彼此最有力的後盾，所以妳這樣對她刁難找碴，我也不會袖手旁觀。」

然後甄柏言就在眾人的歡呼聲中瀟灑前行，豈料，Jane來得還真不是時候。

Jane從黑色轎車裡下車，還沒走近就能聽見他們那群人的聲音。

她身著白色小禮服，顯得端莊優雅，拉著甄柏言和敏如一起去和房安品見面，「安品我來了。」

「喔，來了、來了就好。」看見甄柏言被拉回來，房安品明顯鬆了口氣。

可Jane並沒有漏掉這細微的表情和詭異的氣氛，所以她問：「怎麼了？發生什麼事了嗎？」

「沒，沒什麼，就是覺得Jane妳很美，哈哈哈，大家說是不是？」房安品立刻將話題轉移，「啊，既然我們今晚的主角Jane已經到了，那我們開飯吧，開飯！」

說著，房安品催促所有同學趕緊入內，不要耽誤Jane的時間。

待同學們走得差不多時，Jane看著還不走的甄柏言和房安品問：「怎麼了你們兩個？」

房安品一手勾著甄柏言，另一手拉著Jane，笑著敷衍，「呃……沒什麼，哈哈哈，我們趕快進去吧。」

似乎是討厭極了房安品，甄柏言將她的手甩開，丟下一句話後，以百米賽跑的速度跑開。

走前，他說：「我要去找蒲竺薈，Jane 妳先進去。」

…♡………♡………♡………♡…

甄柏言沿著蒲竺薈離去時的方向跑，正苦惱著在這偌大深山中該從何找起時，他左腳的褲管被扯了兩下。

當他以為是深山裡的動物，正警戒地要防禦，定睛一看，居然是蒲竺薈蹲在那裡。

「是我啦，甄柏言。」蒲竺薈無辜地說，「算你講義氣，那個公主病還真的放我不管，實在有夠沒良心。」

甄柏言蹲下，跟著她一起靠在房家別墅門邊的牆上，「妳啊，少說兩句不行嗎？一定要弄得大家雞飛狗跳？好端端的，大家在裡面吃飯，我們卻在這邊餵蚊子。」

「喂，」蒲竺薈甚是不滿地打了甄柏言一掌，「你怎麼也不看看我是為了誰？還不都為了你，我那是看你可憐，怕你卡在臺上尷尬，算了算了，你個忘恩負義的傢伙。」

甄柏言回嘴：「我才不忘恩負義，我要是忘恩負義，現在怎麼會在這裡陪妳？」

蒲竺薈沒講話只瞪甄柏言一眼，而他繼續說：「剛剛那個情況，妳其實敷衍敷衍，隨便一下也就過了，她不會真要妳親人。」

「我才不要！她那樣就已經是性騷擾了，我為什麼還不能反駁她啊？」蒲笠薈撇撇嘴，「而且誰要讓我親啊？」

「我啊，我可以讓妳親。」

甄柏言講出這句話的時候，他們兩個同時愣了。

蒲笠薈雙眼睜得超級大，彷彿聽見什麼外星語那樣，甄柏言則是愣住，呆若木雞，對自己怎麼會說出這種話也感到非常訝異。

「我我我我我，我、我為什麼要親你啊？」蒲笠薈回過神又開始損人，「喂，這位大哥，你哪位啊？怎麼這麼好意思？」

「那也是我的初吻欸，妳又不是Jane，妳就好意思了？」甄柏言滿臉通紅，只可惜夜色太黑，蒲笠薈沒看見。

而甄柏言本人卻覺得很奇怪，到底為什麼自己的臉會那麼燙，心跳會那麼快。

無解之下，他天真地想，大概是Jane 來了的關係吧。

「喂，蒲笠薈，我餓了，而且Jane 來了。」甄柏言站起身，「別生氣了，我們回去吧。」

「我不要，」蒲笠薈愛面子地不肯，「我剛剛已經跟她鬧翻了，現在又回去，我不就是厚臉皮嗎？」

甄柏言漫不經心地聳聳肩，「我剛剛也為了妳跟房安品鬧翻了，還很不紳士地拒絕她的告白，要說厚臉皮，也應該是我的比較厚，而且邀請Jane來妳也有功，有Jane在，我想她也不敢不顧面子的。」

「少跟我來這套，」蒲竺薈擺擺手，一副這世界上了解你的人，我說我第二，沒人敢說第一的模樣，「一口一個Jane，當我還不懂嗎？」

「既然妳知道了，那就快點啊。」

「你這個見色忘友的傢伙，沒聽過紅顏多禍水嗎？」

「我只知道『窈窕淑女、君子好逑』，」甄柏言伸出左手，「快點，我要趕快去看Jane的演奏了。」

「唉，誤交損友、誤交損友。」說完，雖然蒲竺薈還是很不情願，但仍然將右手疊到甄柏言的手上，讓他把自己拉起來。

他們兩個回到房家別墅的大廳時，現場氣氛已經很熱絡，臺上Jane領著她的團隊表演得十分精彩，臺下的同學們也吃得渾然忘我。

他們走到敏如那桌，敏如看到他們後，趕緊給他們安排座位跟餐點。

「你們兩個總算回來了，我都快急死了！」敏如心急如焚，擔心這荒郊野外，他們既沒糧食，也沒交通工具到底是要怎麼回去，現在他們平安無事，這心中的一塊大石頭，也終於得以放下，否則無論這頓飯再如何高檔、氣派，也吃不香。

蒲竺薈看敏如著急的樣子，實在也不忍心，於是握著她的手，趕緊跟她表示歉意，「對不起啊，讓妳擔心了，我們沒事，那個公主病有沒有說什麼？」

「沒有，」敏如搖搖頭，「她正打點Jane樂團的事情，我想暫時還沒空過來找你們繼續吵，大概也會看在Jane面子就這樣算了吧。」

「哼，誰要她算了，我就要和她繼續吵，最好廝殺個妳死我活，敢把我趕出會場，此等恥辱我若不討回公道，我就不叫蒲竺薈！」

顯然個性要強的蒲竺薈嚷著要在音樂會結束後繼續和房安品再戰，好險甄柏言出聲阻止：「妳行行好啊，至少這裡是房安品的地盤，見好就收，別無理取鬧。」

「我無理取鬧?!喂！甄柏言——」

「好了啦！吃飯、吃飯，都別吵。」看不下去的敏如趕在蒲竺薈仍要繼續叨唸前塞了一塊肉進她嘴裡，順利了結她的喋喋不休。

而甄柏言也只有聳聳肩，事不關己地開始吃起晚飯。

待他們吃到一個段落，Jane和團員走下臺休息，臺上的演奏暫停，音樂由錄製好的檔案代替。

蒲竺薈把走下臺尋覓座位的Jane招來，空出自己的位置跟敏如擠一起，笑著對Jane說：「這裡給妳坐。」

「這怎麼好意思，」Jane搖搖手，說房安品有幫他們準備貴賓席，「妳坐回去吧，我要趕快去找我們的貴賓席了。」

「唉呀，」蒲竺薈不耐地起身，拉著Jane坐進自己的位置上，也就是甄柏言旁邊，「我們都還沒好好謝謝妳來幫我們演奏呢，而且我們想和妳吃飯想好久了，」說著，蒲竺薈還對甄柏言使了個眼神，「對不對，甄柏言？」

「咳……咳……對、對啊，我們想和妳一起吃飯，不知道可不可以？」甄柏言的頭低到不能再低，完全不敢直視坐在旁邊的Jane。

「那……好吧，我就跟妳們一起吃。」

Jane坐定位之後，蒲竺薈將自己乾淨的盤子遞給她，又往她盤子裡夾了許多菜，告訴她別客氣，儘管吃。

Jane看著盤子裡堆積成山的食物，只好恭敬不如從命。

又過了好半晌，待同學們吃飽喝足，房安品走上臺，跟大家報告下個活動：「待會兒，我們的活動會在我家別墅的後院、偏院裡進行，每組兩人，為了確保每個人的人身安全，因此禁止一人獨自活動，我們這個活動的主題就是鬼屋闖關。」

接著，房安品開始講述遊戲規則，說沿路會置放寶藏，連她也不知道放置的位子，而今晚寶藏撿最多的隊伍就獲勝，禮物是他們家旗下餐廳的招待券。

「這樣大家有聽懂遊戲規則嗎？」在房安品提問後，同學們紛紛表示出自己雀躍、期待的心情，唯獨蒲竺薈跟幾個比較膽小的同學興致缺缺，甚至想要棄權。

「可以啊，」在聽見有同學打算放棄之後，房安品也同意得很阿莎力，「反正我能體諒，愛參加不參加都隨便，我不強迫，唯一有一點，我還是想替自己爭取。」

站離房安品最近的同學提問：「什麼？」

房安品略過回答，直接用行動來揭曉，她走下臺，來到甄柏言身邊，深情凝視，「儘管你剛剛拒絕過我，但我還是不能說放棄就放棄，畢竟我喜歡你這麼多年，反正都跟你坦白了，我也沒有隱瞞的必要；沒錯，這個活動是為了你而設計的，我就想跟你一組，你肯不肯？」

全場起鬨的聲音又起，不是「啊啊啊」亂叫，不然就是「在一起、在一起、在一起」，弄得甄柏言尷尬地說什麼都不對。

而蒲竺薈原本又想出聲幫忙甄柏言，但被敏如拽著、拉著、摀著嘴怎樣也無法出聲。

僵持了一陣，甄柏言開口：「對不起，我不參加了。」

「蛤？柏言，你不參加了啊？」除了房安品驚訝之外，Jane 也很驚訝，「你不參加的話，我們怎麼組隊啊？」

聞言，房安品、甄柏言、蒲竺薈和敏如都很驚訝，他們都沒聽說 Jane 要參加今晚的鬼屋闖關活動。

「Jane 妳不是演奏完就要離開了嗎？」房安品問。

「我有請我的助理聯絡妳，可這幾天妳的電話都沒有人接，所以我想說，今天再直接告訴妳我也可以參加活動，沒想到安品妳也想跟柏言一組啊。」

「妳、妳……」房安品傻了，結結巴巴，「妳也可以參加活動？」

Jane 喜孜孜道：「對啊，我也想參加妳們等一下的鬼屋闖關活動，就是為了這個，我才推掉我原本的演出。」

「可以，當然可以，」蒲竺薈左手勾住甄柏言，右手勾住Jane，繼續對房安品說：「來者是客，何況Jane這麼忙的人，願意陪我們一起參加活動，算很給我們面子了好不好？」

房安品聽完蒲竺薈的話後咬牙切齒，但還是彎起笑容，找了個很牽強的藉口：「我不是不歡迎Jane加入我們，只是我們參加的人數是偶數，剛好夠兩兩一組，現在Jane進來了，不就表示她會落單，不然就是另一個人會落單，這是禁止的！」

「我可以不參加！」蒲竺薈說：「反正我本來就對這種遊戲沒興趣了，我不參加沒關係。」

「妳！」房安品氣到想把蒲竺薈當場掐死算了，想生氣、想破口大罵，但礙於形象及面子而不敢立即爆發。

「安品……」一直處在尷尬狀態的Jane終於又開口：「抱歉，我是不是真的打擾到你們了？那我……我還是回去好了，不然打擾到你們多不好意思。」

「唉呦，不是，」房安品狠狠地瞪了蒲竺薈，接著有如川劇變臉那樣，一副和藹、良善的笑看著Jane，還伸手挽住她，「怎麼會，我們巴不得把妳留下來，才不會不歡迎呢，邀請妳的團隊也一起來吧。」

「這樣啊，真是太好了！」Jane興奮地回握住房安品拉著她的那隻手。

蒲竺薈看到房安品那副狼狽而無奈的樣子則暗暗竊喜著。

然後，甄柏言跟Jane一組，房安品跟吳艷，蒲竺薈跟敏如則在大廳坐著吃餅乾配飲料，等他們消息。

「妳剛剛好樣的！那句『我可以不參加』簡直帥呆了！」敏如邊吃邊說，說剛剛自己沒攔住蒲竺薈真是明智之舉。

「妳這才知道，」蒲竺薈被誇的翹起尾巴來，「我就是故意不讓房安品跟甄柏言一組。」

「嘖，所以，妳是吃醋囉？」敏如眯起眼睛，很懷疑。

「嘖，我講超過八百遍了，我跟甄柏言就只是不小心同班了好多年的同學、敵人，就這樣而已啊，我跟他這輩子不可能、也不會有下輩子。」

「是嗎？」敏如瞅著，「我真的覺得你們兩個就是那種要在一起的樣子。」

蒲竺薈翻了個白眼，「我們根本就不是那種要在一起的樣子。」

「我看就是。」

「甄柏言喜歡Jane，這個妳不是知道嗎？」

「那……」敏如像想到了什麼似的那樣放大音量，「所以！妳的意思是如果甄柏言不喜歡Jane的話，妳跟他就有機會囉？」

蒲竺薈覺得敏如沒救了，「我說，我跟甄柏言，真的不會有妳想的那種關係，他要喜歡誰是他家的事，我要喜歡誰也是我家的事，但絕對不會是他，懂嗎？」

敏如搖搖頭，「不是很懂，那照妳這個意思，問題不在甄柏言這裡，而是妳囉？說吧，除了甄柏言，到底還有誰能獲得妳的青睞？」

蒲竺薔滿腹無奈，真想把敏如的腦袋剖開，看看裡面都裝了哪些神邏輯，「妳啊，別亂想也別亂講，乖喔，」說著，她還拿了一塊餅乾塞進敏如的嘴裡，「這個餅乾很好吃，多吃一點。」

儘管被塞了一塊餅乾，敏如還是能口齒不清地講著，「嘖……妳就說一下是誰……說一下又不會怎樣……」

「唉，」然後，蒲竺薔明白自己今天如果不講，敏如跟自己肯定沒完，所以她思量了下利弊，還是如實以告，「我喜歡一個高二的學長，那個學長他跟我還有甄柏言從國中就認識，可是，他有女友了，好像是他們班的。」

「真的假的啊，」敏如大驚，伸出手指算了算，「那妳不就至少喜歡人家三、四年有了？」

喝了一口紅茶，蒲竺薔羞赧，「兩、三年而已啦，沒有那麼誇張。」

「那學長知道嗎？」

搖搖頭，蒲竺薔繼續說：「學長當然不知道啊，而且現在他有女朋友，我更不能讓他知道了。」

敏如拍了蒲竺薔一掌，「妳很笨耶，蒲竺薔，有女友的還是可以追啊。」

「白痴喔！」蒲竺薔極不認同，「那怎麼可以！而且妳怎麼跟甄柏言講一樣的話？」

「不然呢？是事實啊。」

「你們很缺德耶，而且如果，」蒲竺薔斂下眼，邊有一口沒一口地喝著紅茶，邊說：「如果學長在有女友的情況下，還這麼輕易就被我追到，那我也開心不起來，因為，這表示我跟學長交往後，他一樣也會這麼輕易地離開我，所以，我不要。」

敏如有共鳴地猛點頭，看似大剌剌的蒲竺薈難得也有心細的時候，敏如拍拍她的肩膀說：「妳是對的。」

接著，她們繼續聊，在她們正要打開不知道第幾盒餅乾的時候，有捷報傳進來了。

「第一名是甄柏言和Jane那組！」

蒲竺薈和敏如互看一眼，而後趕緊跑到後院的會場門口一探究竟。

「甄柏言！這邊！這邊！」蒲竺薈找到甄柏言的身影，邊朝他走去邊喊。

「妳們沒下來玩真是太可惜了，其實一點也不可怕！」甄柏言牽著Jane的手說，雙頰還有一點可疑的紅暈，在月光與路燈的照映下特別明顯。

精明如蒲竺薈，她當然發現了甄柏言的異常，立刻揪起他，還不忘禮貌性的對Jane說：「不好意思，甄柏言先借我一下。」

片刻，甄柏言就被蒲竺薈拽到一處比較隱密的所在。

蒲竺薈開門見山，「說吧，你跟Jane肯定有戲，發生什麼事了？」

「我……」甄柏言嚥了口唾沫，樣子很扭捏，「我們、我們……」

「到底是不是男子漢大丈夫啊，婆婆媽媽的，你說不說？」

被激到的甄柏言幾乎一氣呵成，沒有任何冗詞贅字，講得很明白——

「我和Jane交往了。」

第五次討厭你　借酒澆愁不離棄

自從甄柏言跟 Jane 在一起後，雖然無法每天都見到面，但他們約定每週至少見面三次，而且每天都要講兩次電話，分別是早上上課前跟晚上睡前。

「你們真的很像遠距離戀愛耶。」當聽見甄柏言這麼說後，蒲竺薔如此表示。

「對啊，」敏如跟著附和，「好辛苦喔。」

「不會啊，不會辛苦，我覺得很幸福。」

果然是在談戀愛的樣子，那容光煥發、充滿朝氣、眼神朦朧、一臉傻笑的憨樣，甄柏言這次真的栽了。

搖搖頭，蒲竺薔覺得無言，都說愛情使人盲目，所以甄柏言會有這種反應也不算意外。

「欸，是說，Jane 這位女神怎麼會答應跟你交往啊？你是不是對人家做了什麼？威逼利誘？」

「喂喂喂，蒲竺薔，那是妳沒眼光好嗎，我堂堂甄柏言，還需要威逼利誘才能和女神交往嗎？」

「要，」蒲竺薔回答得很肯定，繼續揶揄，「就因為你是甄柏言，所以Jane 這是遇人不淑啊。」

甄柏言覺得自己無法和蒲竺薔這個火星人溝通，也覺得自己這十多年來實在誤交損友。

「不過，你這次的眼光真的進步神速，而且快狠準，讓我非常滿意。」蒲竺薔接著說，而且還笑得很開心，「你們宣布在一起的時候，我看見房安品她驚訝得下巴都快掉了，整個超爽又超級解氣！」

「我也有看到，那天房安品都快哭了。」敏如擔憂地補充，「你們覺得她會壞心到來搞破壞嗎？」

甄柏言聞言後擔心得皺了眉，蒲笁薈則大力拍了拍桌，喊著安啦安啦，「甄柏言他女友是Jane耶，如果今天是別人我就不敢保證了，但是Jane，我覺得她應該不敢亂來，再說了，我也就耍耍嘴皮子，要真的房安品敢來亂，我就跟她拚了！」

看蒲笁薈那雄赳氣昂的樣子，甄柏言嘆了嘆，「妳啊，那脾氣收斂一下吧，難怪男人緣都被妳自己嚇跑了，以後嫁不出去就別亂牽拖。」

「才、才不會，我男人緣好得很，這些年一直沒有人追，那肯定也是你這隻蒼蠅在我身邊飛來飛去的緣故，現在你有得忙了，也就代表我的桃花要開了，而且是朵朵開！大盛開！」

「喔。」

「喔。」

甄柏言跟敏如都選擇句點蒲笁薈，畢竟，大家都是好同學，不忍心往她的小小幻想世界裡澆下一桶大冷水。

…♡………♡………♡………♡…

「竺薈，上次我聽敏如說妳跟柏言是青梅竹馬，真的嗎？」Jane在社團課的自由練時間裡叫住正要出去摸魚的蒲竺薈，而蒲竺薈則以為自己被抓包了，嚇了一大跳。

「呃……呵呵呵……青梅竹馬，跟、跟甄柏言啊，應該、應該算吧，呵呵呵……」蒲竺薈緊張地答著，剛剛嚇到的心跳還沒平復。

唉，反正她就是無法喜歡樂器，她想，反正自己來這個社團的任務也算圓滿達成，之後一定要找個正當理由出走才行，否則她會憋死在這裡。

「這樣啊，」Jane笑容靦腆，又問：「那妳一定很了解他吧，我看得出來你們很要好，我很羨慕呢。」

「啊！不不不，」聽到Jane的話後，蒲竺薈趕緊澄清，並小心自己的言行，深怕自己和甄柏言的關係被誤會，「我跟他雖然是青梅竹馬，也算得上了解，但這跟妳和他的關係不一樣，你們是相互喜歡，是戀人，我們是……是損友那種的兄弟、好哥兒們，很單純，就……」

「哈哈哈，妳不用緊張啦，我只是簡單問一下而已，沒別的意思，竺薈妳真的不要害怕。」

「哈哈哈，這樣啊，那就好，我嚇一跳呢。」蒲竺薈摀著胸口，驚魂未定。

「在聊什麼啊，怎麼這麼開心？」這時，出去上廁所的敏如回來，看見蒲竺薈哈哈笑著，Jane心情好像也不錯。

搖搖頭，蒲竺薈說：「沒什麼，就普通的閒聊啊。」

「嗯，」Jane跟著點頭附和，「對啊。」

敏如表示了解，接著像想到什麼那樣大叫了聲，「啊！對了，剛剛好像有一位學長要找社長或是Jane，可是因為你們都不在，我請他等下再來。」

「學長？」蒲竺薈和Jane異口同聲，蒲竺薈繼續問：「有說是誰嗎？」

敏如搖頭，說沒有。

「喔，那我大概知道是誰了，他是要來找我們幫忙的，」Jane翻了翻手中的資料，「對，他是為了大學音樂系的考試，所以會暫時來我們社團惡補一下。」

「大學音樂系的考試？惡補？」敏如聽完Jane的解答後滿臉疑問，「學長這樣來得及嗎？」

「嗯……」不得不說，在接下這個請託前Jane也猶豫了好久，「就試試看吧，我們盡力而為。」

「加油，Jane，我精神上支持妳。」蒲竺薈說，內心則繼續盤算該如何跟Jane商量退社的事。

想了一節課，蒲竺薈非常進退兩難，雖然一開始確實是為了撮合甄柏言和Jane才進這個社團的，但日漸長久，雖說自己不喜歡樂器，卻也還不到很討厭的地步，並習慣了這個社團裡的人事物，別的不說，就說Jane真的對她和敏如百般照顧、無微不至，她又怎麼好意思？

「那個……」可是，她左思右想，仍然覺得離開這裡的時候到了，「Jane，對不起，我有事想和妳商量。」

正在忙碌的Jane只抬頭問了聲：「嗯？」，而後又繼續手上的工作。

「就是……就是……我、我想……」

「Jane！我終於找到妳了！」豈料，蒲竺薈鼓足勇氣正要說出口的話，硬生生被門外的人攔截，就再也無法說出口。

不是無法，是不想離開了。

「學長？」蒲竺薈和Jane同時認出來人，剛才談論說要惡補的人就是林杰雁。

…♡……♡……♡……♡…

「所以學長為什麼想學鋼琴？」

放學後，林杰雁跟Jane剛討論完重點，就被蒲竺薈拉著到附近的下午茶店說話。

「因為蔚嫻，」林杰雁說：「噢，我女友，她要考音樂系，我想陪她，可是她覺得不用，而且認為沒有音樂底子的我根本考不上，也是因為這樣，我更要考給她看，不只考，我還要考上！」

聞言，蒲竺薈抿著脣，不知道該做何回答。

而見蒲竺薈只是傾聽，林杰雁又逕自說下去：「為了這件事，我們已經吵很多次了，上個禮拜還差點要和我分手，是我拚命阻止。」

聽到「分手」這兩個字，蒲竺薈吃驚得睜大眼睛，「這麼嚴重？天啊。」

「對啊，我也不知道究竟為什麼會變成這樣，或許在一開始的時候，我們就不適合了吧，」稍稍停頓，林杰雁喝了口水，語氣無奈地談下去，「她很獨立，很有自己的想法，一開始我就是喜歡她這一點，可是交往越久，這卻變成我最討厭的部分。」

「學長……」蒲竺薈啟脣，想說點什麼，卻又不知道該怎麼說。

林杰雁笑了笑，說沒關係，「妳不用安慰我，我也只是跟妳抱怨一下而已，別光說我，妳呢？我記得竺薈妳不喜歡樂器的，怎麼會跑到古典音樂社了？」

「我……」蒲竺薈不好意思地搔搔頭，覺得剛剛因為學長而收回退社請求的自己有點好笑，「算是來當媒人的吧。」

「媒人？」

「嗯，對啊，而且，我還成功了。」

「成功了？妳……」林杰雁表情活像是想到了什麼那樣，說是驚訝，不如說是驚嚇，「不會吧，Jane 跟柏言，是妳幫忙的？」

「沒錯，就是我，」蒲竺薈自豪，「不過，學長你有必要嚇成這樣嗎？身為甄柏言的多年損友，我幫這個忙，就算是做功德，沒那麼誇張吧，哈哈。」

「不是，我不是這個意思，」林杰雁趕緊澄清，「我只是很意外，妳還記得我上次問妳，妳和柏言有沒有在交往嗎？」

「對啊，我記得，但就是一直沒機會問學長為什麼會這樣問。」蒲竺薈記得當時自己還困惑了好久。

「我一直以為妳跟柏言是交往了很久的情侶。」

「蛤？」蒲竺薈傻住，「學、學長……」

「不只我吧，應該很多人都跟我一樣有這個看法，你們兩個怎麼看都像是男女朋友。」

「我們？我跟甄柏言？像男女朋友？」

面對蒲竺薔的問題，林杰雁回答得十分簡潔有力，「對，妳和甄柏言，你們。」

「可是，學長，我其實喜歡——」不能說！蒲竺薔告訴自己，不能說！

「嗯？喜歡？」

「不是，學長，我的意思是，我一直都有喜歡的人沒錯，但這個人，無論如何都不會是甄柏言。」

「那就好，」林杰雁鬆了口氣，卻又帶著謹慎、語重心長，「但如果是這樣，我覺得妳和柏言還是保持點距離得好，以前不要緊，旁人怎麼看都沒關係，但現在柏言有Jane了，Jane怎麼看，這關係可就大了。竺薔，妳懂我的意思嗎？」

愣了愣，蒲竺薔陷入思考裡，卻無法完全接受林杰雁的說法，「為什麼？我跟甄柏言是好朋友有錯嗎？為什麼我要因為他交了女朋友而疏離我們的友誼？這不合理吧。」

林杰雁仰頭將水飲盡，站起身摸了摸蒲竺薔的髮梢，輕聲對她說：「好吧，我能理解妳現在的心情，或許妳之後就知道我在說什麼了。」

當晚，蒲竺薔為此失眠了。

…♡……♡……♡……♡…

「怎麼了？一副精神不濟的樣子，沒睡飽嗎？」敏如瞧見蒲竺薈的黑眼圈，關切詢問。

「不是，」搖搖頭，蒲竺薈的聲音沙啞縹緲，「我根本沒睡。」

「不是吧，根本沒睡?!妳耶，妳蒲竺薈嗜吃又嗜睡，怎麼可能會？」

拍了拍臉，勉強振奮精神，蒲竺薈轉頭問敏如，「我問妳喔，我跟甄柏言真的很像在交往的男女朋友嗎？」

眨眨眼，敏如愣了愣，一副「妳吃錯藥了嗎」的表情望著她。

不是敏如不回應，而是現在的時機不適合做任何回應。

「昨天Jane不是告訴我們說有個學長要來社團惡補嗎？那學長就是我喜歡的人，昨天我們聊了很多，包括他覺得這個時間點，我必須跟甄柏言保持距離，可是我不願，他卻說之後我就懂了。」

點點頭，敏如認同地表示：「我覺得人家學長說得沒錯啊，現在甄柏言有女友了，是不該跟他這麼要好，該避嫌的要避嫌，省得節外生枝，而且Jane又是校園名人，好多雙眼睛盯著，妳要是怎麼了，人家肉搜一下，妳祖宗十八代都得輪流被罵一頓，能不小心嗎？」

「不公平啊，到底憑什麼啊？我跟甄柏言就只是冤家，頂多偶爾是朋友的關係，又為什麼我們不能保持原樣，非得維持那什麼奇怪的距離？我不懂耶。」

「唉，」敏如心疼地看了看蒲竺薈，拍拍她的肩，見她堅持也不好說什麼，思來想去，還是學了林杰雁的話再說一遍給她聽，「妳啊，之後就會懂了。」

剛好，甄柏言在這個時候走進教室，蒲竺薈站起來，擋住他的去路，喊得大聲，彷若要讓全世界都聽到那樣，「甄柏言，我告訴你，你這輩子都必須是我的冤家！聽到沒有！」

說完，蒲笙薈就氣沖沖地跑出去，徒留一頭霧水的甄柏言和旁觀者清的敏如。

…♡……♡……♡……♡…

「笙薈，那個……柏言在嗎？」午餐時間，Jane到蒲笙薈他們班教室門口想找甄柏言，但因為沒有看到人，便招手把蒲笙薈喚來。

「喔……」蒲笙薈想了一下說：「可能去買午飯了吧，他今天把便當忘在他們家餐桌上了。」

「這樣啊，那，我可以等他嗎？」Jane晃了晃手裡裝著便當的提袋，面帶羞澀地說：「我今天早起做了便當，一不小心做多了，怕吃不完，所以才來找柏言的，如果笙薈妳不介意的話，跟我們一起吃吧。」

「好——」講到好吃的，她蒲笙薈怎麼可能說不好，但她的「啊」就這麼突然被敏如打斷。

「好不巧，我們已經有約了，」敏如說完便轉頭朝蒲笙薈擠眉弄眼一番，「況且你們好不容易有空可以一起吃飯，我們怎麼好意思打擾呢！再說，甄柏言期待跟妳單獨吃飯好久了，妳說是不是啊，蒲笙薈？」

雖然放棄美食讓蒲笙薈有些不願意，但她知道敏如是什麼意思，所以她沒多話，就點點頭，表示自己也同意。

「這樣啊……」Jane 看起來有些小失落，可是頓時明顯有鬆了口氣的感覺，「那，好吧，如果之後有機會，我再邀妳們一起。」

「好啊，」敏如拉著蒲竺薈，像深怕蒲竺薈突然亂來似的，把她看緊緊，「我們就去幫妳找甄柏言好了，看到他後馬上把人給妳帶來。」

「那就麻煩了，謝謝妳們。」

「唉呀，原來是Jane 來了。」當蒲竺薈她們轉身，準備去福利社找甄柏言的剎那，半路殺出來的房安品很不識相地過來了。

「安品，上回結束之後都還沒能好好謝謝妳呢，妳辦的班遊活動很好喔，下次有的話，再跟我說，我會盡量到場的。」

房安品皮笑肉不笑，天曉得她有多後悔邀請Jane 來，她至今仍覺得如果不是Jane，或許今天跟甄柏言在一起的人就是自己了。

但對方畢竟是Jane，縱然她再有千百個不滿，她大小姐脾氣也不能往Jane 身上發，只得拖無辜的蒲竺薈下水，以排解自己的失戀之苦，「不謝，那又沒什麼，倒是身為老朋友，Jane，我想勸妳一句，妳得小心這個蒲竺薈，她跟甄柏言最親近了，現在妳正跟甄柏言交往，我怕她會嫉妒。」

「妳胡說什麼啊房安品？我嫉妒 Jane 跟甄柏言？」蒲竺薈氣得瞪大眼睛，「喂，妳飯可以亂吃，話可不能亂說，雖然我跟甄柏言很好，但我一點也不喜歡他，全世界都知道妳喜歡甄柏言喜歡得要命，要小心也是小心妳！」

「我……我……」沒料到蒲竺薈會講得這麼直接，房安品頓時無言以對，好半晌後才重振旗鼓，清了喉嚨說：「對，我是喜歡甄柏言，但在他和Jane交往後，我就放棄了；哪像妳，整天像隻蒼蠅一樣，依舊在人家身邊亂亂飛，煩人又礙眼。」

蒲竺薈被房安品這番話氣得不輕，但士可殺不可辱，怎樣也得罵回去，「妳才蒼蠅！妳全家都蒼蠅！妳這樣擺明了就是嫉妒的表現！」

「哼，」房安品頗為不屑，「少在這裡裝清高，還以為我不知道，那天甄柏言當眾說了你們關係匪淺，妳還想狡辯？」

「房安品妳——」

「夠了！」Jane突然大喊，把在場的人都嚇到了。

「Jane，我……」蒲竺薈啟脣，也驚得說不出話。

「抱歉，我太大聲了，」在意識到自己失態後，Jane很不好意思地將髮絲往耳後勾，稍稍緩和後才又開口，但語氣有別於以往，非常冰冷，「我自己去找甄柏言，妳們快去吃飯吧。」

…♡……♡……♡……♡…

「喂？甄柏言。」憋了一整晚，蒲竺薈終於把這通電話撥出去，不誇張，她從放學之後，就這麼盯著手機聯絡人裡的「甄柏言」猛瞧，想打卻又不能打的感覺讓她很煩躁。

「嗯，怎麼了？」

甄柏言大概知道蒲竺薈打這通電話的意思。

因為，中午和Jane吃飯的時候，Jane約他放學一起回家，而破天荒的，今天除了一起回家，還去吃了晚飯、看了一場電影，難得Jane能有這樣的空閒。

但和Jane相處的這幾個小時，他覺得Jane很奇怪，只是不曉得怪在哪裡。

又因為聽說中午的時候Jane在教室門口發了脾氣，似乎是和蒲竺薈還有房安品有關，剛巧也想打給蒲竺薈問一問，她就打來了。

「你送Jane回家了嗎？」

「妳看一下現在幾點，都這麼晚了，她當然回家了啊；但是不是我送的，是她家人來接。」

「喔……」蒲竺薈淡淡地點了頭，那些卡在喉頭一整晚的話和問題，瞬間不曉得要怎麼說出口。

好半晌，雖然兩人都不曾開口，話筒的彼端都很沉默，但他們卻誰也都沒有掛電話。

終於，蒲竺薈啟脣：「Jane有沒有跟你說什麼？」

「……」甄柏言在思考要怎麼回答。

「你老實講沒關係，我不介意。」

「她什麼也沒說，但我大概猜到了……」嘆了嘆，甄柏言繼續，「因為我跟妳的關係嗎？」

蒲竺薈也學著嘆了口氣，非常百思不得其解，「我不是很懂耶，到底為什麼旁人看來，我們就像情侶？我們明明就是那種水火不容的關係，很明顯吧？對吧？」

「對，」甄柏言很肯定，「妳說得沒錯，我們確實就是這種關係，妳沒喜歡我，我也沒喜歡妳。」

「那我們算達成共識了，所以，你覺得我們之後要怎麼相處？」

「妳這是什麼爛問題？像從前那樣就好了啊，而且我敢跟妳保證，要是我叫妳必須離我遠一點，妳一定做不到，而且還會在背後偷罵我，譬如見色忘友、忘恩負義之類的。」

「嗯，也是，你知道就好，這還差不多。」

「那就好了啊。」

「不過……」蒲笠薔突然想到林杰雁還有敏如跟她說的話，難免還是遲疑了。

「不過什麼？」

「有人跟我說你現在有女友了，所以縱然我跟你再怎麼要好，也應該保持安全距離，還說我現在不懂，但以後就會懂了。」

聽見蒲笠薔的話後，甄柏言朗聲大笑，笑得蒲笠薔莫名其妙。

「笑什麼啦？我很正經耶！」

「哈哈哈……」聽見蒲笠薔那快要發火的口氣後，甄柏言趕緊直起腰桿，恢復正常，「不是，我的意思是，這是什麼觀念啊？保持安全距離？妳以為妳在開車嗎？」

「不好笑，甄柏言，你再繼續講五四三的，我就掛你電話！」

「我的意思是，我們都沒有必要為了愛情去放棄自己的朋友，這兩者並沒有衝突。」

蒲竺薈舉雙手贊成，「嗯，我也這麼覺得。」

「而且，清者自清，我們沒什麼就是沒什麼，任憑別人七嘴八舌，我們也還是我們。」

「說的好啊，甄柏言，我這輩子很少這麼認同你，有進步喔，看來Jane這個女友你挑對了。」

「現在妳才知道啊，我眼光本來就很好了，不用妳多說。」

「唉呦，才誇你幾句屁股就翹起來了啊，我跟你說喔……」

然後，他們很快就化解心中的堵塞，恢復以往的相處模式，接續聊了將近一個半小時。

蒲竺薈覺得甄柏言說得真是太好了，所以林杰雁和敏如的擔心根本就多餘了。

而甄柏言的那句：「清者自清，我們沒什麼就是沒什麼，任憑別人七嘴八舌，我們也還是我們。」

她到睡著的前一秒都還默念著。

……♡……♡……♡……♡……

「蒲竺薈，昨天甄柏言跟Jane回去之後，他有跟妳說什麼嗎？」隔日一早，敏如就擔心地問，畢竟昨天Jane可是罕見地動了肝火，「都房安品害的啦，挑撥離間，妳找機會好好修理她。」

「哈哈哈，這是一定要的，看我找機會怎麼收拾那個公主病，害我對Jane多不好意思。」想起昨天房安品那嫉妒的樣子，蒲竺薈依然咬牙切齒，說要是再有下一次，她就要不客氣地拿麥克風丟她。

「別別，」敏如趕緊滅火，「妳要是敢這麼做，我看，妳就是死一百次、一千次，他們房氏財團也依然不會放過妳，妳還是耍耍嘴皮、嗆嗆她就好了。」

蒲竺薈不屑地哼了哼，「知道知道，我沒那麼笨，話說回來，昨天我有打給甄柏言，我們的觀點是一樣的，所以，妳可以放心了吧？」

聽完蒲竺薈說的話，敏如一頭霧水，「妳這樣沒頭沒尾的，是在說什麼跟什麼？」

「妳真的很沒慧根耶，」蒲竺薈「嘖」了聲，接下去說：「就是，我們都覺得愛情跟友情並不會有衝突，這兩個是可以同時存在的情感，沒必要疏離，所以妳和學長可以放心。」

「不是，等等蒲竺薈，這不是讓我和學長放心就好了的事，這是妳、甄柏言還有 Jane 之間的事情，跟我們沒關係。」敏如無奈無奈超無奈，想著這世界上怎麼有如此腐朽的笨蛋，昨天 Jane 都表現得這麼清楚了，她怎麼還不明白？

「我知道啊，」蒲竺薈一臉天真，「就因為是我們的事，也知道你們會擔心，所以才來告訴妳這個好消息。」

「我……」敏如語塞，霎時不知道要怎麼繼續跟蒲竺薈講下去，也罷，要是當事人沒意見，那她還能怎樣呢？所以，她也只好妥協：「好吧，你們好就好，我無話可說了。」

…♡……♡……♡……♡…

「Jane，那個，不好意思，我跟甄柏言不是房安品講的那樣。」社團休息時間，敏如把蒲竺薈推到Jane旁邊，要她跟人家解釋清楚，不然這樣尷尬無比的氣氛她實在忍不住。

聽到蒲竺薈的聲音時，Jane很明顯地嚇了一跳，隨後抱著歉意對她說：「我也有不對，我想了很久，昨天，我不該隨便對妳們發脾氣，是我才不好意思，」Jane拉起她的手，「竺薈，對不起，妳可以原諒我嗎？」

聽到Jane這番話，蒲竺薈又驚又喜，邊搖頭邊說：「沒事、沒事，我本來就沒有生氣，妳沒放在心上那真是太好了！」

「謝謝妳，竺薈，對了，」Jane從旁邊的桌子拿起一疊資料，「這是這學期我們社團成果發表的日程表和程序表，妳看一下。」

「我？」蒲竺薈疑惑地指著自己。

「對，」Jane很肯定地點頭，「就是竺薈妳。」

Jane的頭點得蒲竺薈很心虛，她從來就沒好好學過琴，怎麼Jane會想讓她接表演？她想大概是Jane累暈了，不然就是哪條神經接錯。

而面對蒲竺薈疑惑的眼神，Jane覺得很有趣，可礙於快上課了，也不鬧她，直接切入重點，「我當然知道妳不會鋼琴，所以，我是想麻煩妳當後臺的工作人員，布置場地、控制現場，這類的服務工作，不知道可不可以呢？」

「噢，原來是這樣啊，哈哈哈，我還以為……」蒲竺薈茅塞頓開，「那既然是工作人員，這樣沒問題，我順便把敏如也帶上，為社團盡一份心力，包在我們身上。」

「那真是太好了，」Jane 說：「那就麻煩竺薈妳當工作組的組長，社內會再多找幾個社員幫忙。」

就這樣，蒲竺薈接下工作組組長一職，開始著手安排每個組員的工作。

她覺得，她一定要把她責任範圍內的每件事都辦妥，如此才不會辜負 Jane 和一整個古典音樂社的寄託。

…♡……♡……♡……♡…

「蒲竺薈，妳們在忙什麼？怎麼最近放學都這麼趕。」想約蒲竺薈去吃飯多日的甄柏言終於攔截到她了，這幾天看著她跟敏如一放學就不見蹤影的樣子實在很疑惑。

「你不知道嗎？Jane 沒跟你說啊？」蒲竺薈反問，這麼重要的事 Jane 怎麼可能沒有告訴他？

甄柏言搖搖頭，Jane 真的什麼也沒有透露。

「真的假的?!好啦，就古典音樂社要成果發表，我又不會彈琴，所以就只好幫忙打雜。」

「喔……」甄柏言點點頭，正想開口問她什麼時候有空時，蒲竺薈叫了一聲。

「不跟你多說了，」蒲竺薈指著手上的手錶，「我快來不及了，先走囉。」然後，也不等甄柏言回答，拉著敏如再次一溜煙地消失在甄柏言的視線範圍內。

甄柏言搖搖頭，忍不住勾起脣角，覺得蒲竺薈充滿幹勁的樣子有點呆萌。

他想算了，飯還是等他們社團成果發表結束後再約 Jane 一起去，當作是慶功。

⋯♡⋯⋯♡⋯⋯♡⋯⋯♡⋯

忙啊忙的，總算來到社團成果發表的這天。

本來以為前些日子已經準備得很充分、場地跟活動路徑也都安排得很好了，但百密總有一疏，蒲竺薈一手正拿著對講機，與各小組聯繫還要再加強的部分，另一手則拿著排序主持表背誦，準備上臺當司儀。

本來司儀的工作不是她的，豈料原本擔任的那位同學突然身體不適，也只好找她代替了。

「蒲竺薈，我這邊要準備給音樂界大師的椅子不夠六張，怎麼辦？」才剛回覆完一個工作人員的問題後，另一個問題又來了。

蒲竺薈「嘖」了聲，有些不耐煩，「這麼簡單的問題你還敢問我，是不會去倉庫找多的椅子喔。」

「對齁、對齁，我忘了，馬上去拿、馬上去拿。」而對方也意識到自己問了個蠢問題，道過歉後馬上照蒲竺薈說的執行。

真是群飯桶，蒲竺薈扶額，滿腹莫可奈何。

「竺薈，怎麼了？不順利嗎？」遠遠的，Jane 就能看到蒲竺薈眼神死的模樣，於是就過來查看一下。

「沒什麼，」蒲竺薈撐起笑，拍了兩下臉頰，堅強地對Jane 說：「我 hold 得住，放心吧。」

「那就好，」Jane 搭上蒲竺薈的肩膀，輕按了按，「辛苦妳了，等忙完之後，我再邀請妳去我家吃名廚私房菜。」

「好啊，那我就恭敬不如從命。」

「好，妳先忙，我也要去準備準備了，等下柏言會來，我有麻煩他幫我們攝影，妳再幫他安排好的位置和視角，先走啦。」

「好，待會見。」

兩人道別完，就又迅速回到自己的工作崗位，沒過一會兒，甄柏言就出現了，胸前還背了一臺好像很專業的相機。

「Jane 叫我來找妳，說妳會幫我安排位置，所以我要在哪裡拍？」

「呦，不錯嘛甄柏言，沒想到你穿著學校的制服、打了正式的領帶，還拿了一臺相機，感覺很人模人樣，專業喔。」看著甄柏言正經八百的穿著，蒲竺薈怪不習慣，沒忍住出言調侃幾句。

「妳少損我了，要不是這麼正式的場合，我也不想打領帶，好久沒打了，都快忘記要怎麼弄，沒勒死自己就不錯了。」想起剛才為了打領帶而七手八腳、手忙腳亂，甄柏言可不想再來一次。

「看得出來，是有點歪，本姑娘雖然忙得分身乏術，但抽出空來幫你整理一下的義氣還是有的。」說著，蒲竺薈逕自走近甄柏言，伸手替他重新打好了領帶，抬起頭來剛好碰到他的視線，兩人登時亂了呼吸，像觸電似的彈開。

「那、那個……」甄柏言尷尬地清了清喉嚨，「謝、謝啦。」

「喔、喔，」蒲竺薈趕緊壓下內心一股不明的情緒，快速恢復平靜，故意說得尖酸刻薄，「那還不是因為你笨，連個領帶都不會打，太弱了吧，等會兒說給大家聽，讓他們一起來笑你。」

「喔，」甄柏言見蒲竺薈並沒放在心上，還能有心情跟他開玩笑，沒來由地一陣不舒爽，草率應了句：「隨便妳。」，便拉了張椅子，自己走到臺下的正中偏左側，開始調整相機。

看著甄柏言開啟全自動模式，蒲竺薈也不理他，反止她相信甄柏言的技術，不管在哪裡，只要是他找的位置，就一定能拍出好照片。

「嘿，蒲竺薈，要開始了！要開始了！快回來！」思想著，手裡的對講機再度傳來聲音，這次是社長的催促。

「好，馬上來！」回覆完畢，蒲竺薈也不敢怠慢，迅雷不及掩耳地回到後臺，再次快速核對活動流程，便揭開了序幕。

面對這場成果發表，社內的團員們皆不敢鬆懈，因為，除了校內的師生之外，還邀了很多大學音樂系教授、知名音樂家、舞者等的到來，大家都知道，如果表演得好，被哪個大師看到了，是可以直接入學或簽約的。

而林杰雁當然不會放過這麼好的機會，在取得社團社長和 Jane 的同意後，就日以繼夜地練習，亦成為今天第一位表演者。

「蒲竺薈，妳喜歡的學長彈得還不錯。」敏如附在蒲竺薈耳邊小聲說：「愛情的力量真偉大，多希望促使他這樣的是因為妳啊。」

蒲竺薈推開敏如，不悅表示：「別亂講，好好看表演，再吵我就把妳調去外場風吹日曬。」

「好、好，不說，我不說，」敏如摀著嘴，裝作很害怕，但沒一會兒又開始聒噪，「是說，妳都對了那麼多次流程了，都沒發現哪裡奇怪嗎？」

蒲竺薈拿起流程表很認真地看了看，「哪裡奇怪了？」

「這裡，」敏如指了紙上的一個陌生姓名和她的表演曲目，「向蔚嫻，彈奏樂曲是貝多芬的〈Moonlight Sonata〉，別說妳看漏了，還是，妳根本不知道她是誰？」

「我知道啊，但那又怎樣？她也想考音樂系，所以會來也是理所當然，何況人家小時候跟Jane還是鄰居。」

蒲竺薈早就知道向蔚嫻學姐——就是林杰雁學長的女友——也報名了這場表演。據說社團往年都是只讓社員參加成果發表的，但為了讓社團未來能吸引更多有才華、有興趣的人加入，今年特別開放讓社外學生也能參與，所以林杰雁學長和向蔚嫻學姐才有機會登上這次的舞臺。

「妳知道了怎麼也不早說，害我一直想辦法阻止，差點把整個古典音樂社都得罪光了。」

「原來是妳啊！」蒲竺薈驚訝得放大了音量，隨即意識到不妥，充滿歉意地拉著敏如站到更邊緣去，「妳幹麼阻止啊，妳不知道這樣很為難幹部們嗎？」

「還不都為了妳，他們出雙入對的，要連最後真的都上了音樂系，妳就徹底沒戲唱了，懂不懂啊？」

「不是啊，」雖然，敏如的出發點讓蒲竺薈有點感動，但她依舊不能同意敏如的做法，「我說，這到底怎麼了，為什麼最近我們的意見都這麼沒默契，前段日子要不要跟甄柏言保持距離的問題是這樣，今天的情況也是這樣？」

「好，我不插手行了吧？我不插手。」知道蒲竺薈少根筋，也沒有責備的意思，但敏如卻有種好心被雷親的感覺。

「唉呦，我不是那個意思啦，我只是想說，妳知道的吧，我就只是希望喜歡的人能得到幸福，不是我不搶或是不敢爭取，而是我不能，妳懂嗎？是不能。」蒲竺薈眉頭緊鎖，頓了頓，接著繼續，「妳讓我怎麼忍心拆散他們，然後自己也討不到好處呢？」

「身為妳的好朋友，如果我夠了解妳的話，我會知道，不管他們幸不幸福，妳都不會快樂。」

「敏如……」

「喂！妳們兩個幹什麼？蒲竺薈，表演都結束了，還不趕緊宣布下一位表演者上來？」

正當蒲竺薈還想繼續說話時，副社長的催促聲蓋過了她的聲音，並中斷她們的對話，而敏如也被副社長嫌吵鬧，真就調到外場去了。

待蒲竺薈道歉並廣播下一組，副社長才又繼續罵，「散散漫漫，還敢聊天，小心點，要是敢搞砸這個活動，整個古典音樂社唯妳們是問！」

「對不起，不會再聊天了，不好意思。」

「這還差不多。」說完，副社長又瞪了她一眼才離開。

蒲竺薈想著，有空的時候一定要去廟裡拜個拜，最近煩心事實在太多了。

輪著輪著，換向蔚嫻表演了。

只見向蔚嫻穿著一身粉紅小禮服，略施淡妝的臉龐無比清麗，比蒲竺薈初次見到的那時要溫婉、氣質許多，簡直換了個人，她都要驚呆了。

向蔚嫻走上臺，朝臺下深深一鞠躬，便坐到鋼琴前面開始彈奏樂曲，那優美的旋律，和投入的神情也讓蒲竺薈著迷不已，有那麼一瞬間，她甚至突然明白林杰雁說什麼也要和她在一起的原因。真的太有吸引力了。

臺下的所有人都如痴如醉，蒲竺薈觀察到，林杰雁也是這樣的表情。

「妳考慮什麼啊，妳別拉著我當障眼法，大家看得出來而且都知道，我們不合、也不可能。」

「知道喜歡了就快追啊！」

「他有女朋友了！我不能、也不可以！」

「那就等他們分手啊！而且誰說有女友就不能追？」

看著、聽著，突然，之前她跟甄柏言的對話莫名浮現在腦海，想著想著，她眼前竟模糊了一片，無法對焦。

接著向蔚嫻的彈奏無論多動聽，都會被敏如剛剛的這句蓋過去：

「身為妳的好朋友，如果我夠了解妳的話，我會知道，不管他們幸不幸福，妳都不會快樂。」

隨著悲涼的旋律，蒲竺薈越來越恍惚，早就忘了自己身在何處。

待她回過神來，她已經衝向前，將向蔚嫻推開，自己硬生生被掉落的燈具砸中。

…♡……♡……♡……♡…

「醒了啊？還好嗎？有沒有哪裡不舒服？」蒲竺薈怎麼也沒料到，才一眨眼的工夫，她便從成果發表會會場輾轉到了醫院裡。

這個充斥著酒精味和白花花光線的環境令她難以適應。

「我……」蒲竺薈試圖坐起身，可渾身沒有半點力氣，甄柏言見狀趕緊上前攙扶。

「醫師交代先不可以亂動，」甄柏言左手輕輕枕著蒲竺薈的頭，右手幫她把床鋪整理好才小心翼翼地將她放回去，「好好躺著。」

「那、那社團成果發表會怎麼辦？結束了嗎？」責任心重的蒲竺薈一想到社團成發的工作還未結束，急得又想把甄柏言剛剛那句「好好躺著」拋諸腦後，幸好甄柏言這次手腳快速，搶先一步將她按住。

「妳受傷了，被舞臺上掉下來燈砸到，所以社團成發也只能提早結束。」甄柏言溫聲說道，他突然很怕蒲竺薈告訴自己，她什麼都不記得，連自己是誰都忘了。

回想稍早燈具砸下來時的駭人畫面，還是很怵目驚心，甄柏言好後悔為什麼自己不站到臺上攝影，這樣至少還可以保護她。

「喔……」蒲竺薔輕輕咕噥了聲，接著兩人陷入一陣沉默。

隨後蒲竺薔才又啟唇，「那她們呢？她們有沒有怎樣？」

「沒怎樣，」甄柏言當然知道蒲竺薔指的「她們」是誰，所以他直接回應：「向蔚嫻只是小擦傷，敏如被調去了外場，Jane那時候不在臺上，現在大概跟其他社團幹部在開緊急會議，還有和今天的來賓處理後續，就妳有事，還最嚴重，就別再擔心別人了。」

「喔……知道了。」蒲竺薔斂下眼，試圖將亂哄哄的腦子沉澱沉澱。

但此刻甄柏言再也忍不住地說：「妳這沒義氣的王八蛋！」

「什、什麼？」彷彿像聽錯了那樣，蒲竺薔不敢置信地再次確認，「你罵我什麼？」

「我罵妳沒義氣的王八蛋！」甄柏言眼神犀利，直盯著蒲竺薔，不讓她有閃躲的空間，「妳只會關心她們，那我呢？妳有沒有想過現在在妳身邊的我的感受？」

「……」或許是受了傷的緣故，蒲竺薔真的愣住了，她反應不過來……

然後，任由甄柏言逕自說了一大堆，她也沒記得半句。

但最後的最後，讓她印象最深刻的是——

甄柏言說：「我也會擔心妳，妳知道嗎？」

……♡……♡……♡……♡……

在醫院待了三天，醫護人員做完評估及檢查確認沒問題後，蒲竺薈終於重獲自由，出院在家休息了一個週末，就又生龍活虎地回學校上課去。

「妳終於來了，妳沒來我都快擔心死了，如何？現在覺得怎樣？」蒲竺薈方一到校，敏如就迫不及待地過來招呼，替她拎書包、拉椅子，處處小心保護，怕她磕到、碰到，活像在伺候皇太后。

「唉呀，妳這是做什麼，我很好、沒事，」面對敏如如此盛情款待，蒲竺薈倒覺得很不習慣，怪彆扭的，所以她忍不住再次重申：「我真的沒事。」

「那就好，」敏如稍微緩和了心情便再度開口，「那天真的嚇死我了，我還以為妳怎麼了，而且這幾天打電話給妳，妳也沒接，LINE也都不回，真的快把我們急死了。」

聽完敏如說的話，蒲竺薈朗聲大笑，突然覺得偶爾讓人擔心一下好像也挺好。

「幹麼笑啊？我很認真在跟妳說耶。」

「我知道啊，看得出來，就是覺得有人擔心很開心，是說，這幾天甄柏言都有來看我，想知道我的情況直接問他不就好了？」

「有啊，有問啊，可是他只會說還好，具體怎樣還好他從沒講過，」敏如用頭努了努門口的方向，甄柏言恰巧準備進教室，「他來了。」

「妳來啦？」甄柏言走到座位後，放下書包也對她們兩個打了招呼。

「對啊，」蒲竺薈耍耍嘴皮，「是不是挺想念我在的日子，看本姑娘平時對你多好。」

見蒲竺薈還有朝氣嬉鬧，甄柏言覺得她應該也是痊癒了，便沒跟她客氣地回應：「妳別來亂我就該謝天謝地，我從來就沒奢望過妳能對我有多好，才大清早的別發瘋，還是說，妳的頭又犯暈了？要不要再回去醫院檢查檢查？」

「檢查你個頭，」雖然蒲竺薈面上看來有點發火，但她卻一點也不在意，「算了，朕今天心情好，想大赦大下，就不與你一番計較了。」

「那還真是謝主隆恩。」

…♡………♡………♡………♡…

可能是甄柏言告訴 Jane 蒲竺薈回來上課了的消息，這天放學，蒲竺薈就看到 Jane 很興奮地在教室外面等她。

「竺薈！」

「Jane，妳怎麼來了？今天不用上鋼琴課嗎？」蒲竺薈看到 Jane 後，也熱情跟她打招呼，感覺一日不見，如隔好幾秋。

「要啊，」Jane 說：「等等還要上課，但一直對妳感到很抱歉，如果我沒請妳代理司儀，妳就不會受傷了，而且在妳請假的這段期間，我也一直沒空去看妳，所以就趕在離校前快點過來，現在感覺怎樣了？有沒有比較好呢？」

「沒事、沒事，」蒲笁薈搖搖頭，說了聲沒關係，「Jane 妳不用抱歉啦，我受傷跟妳無關，妳別太自責了，而且，我現在也好多了，只是晚點還要去醫院回診一趟。」

「好，」Jane 點頭，「那我就放心了，等妳痊癒再找個時間來我家，我請妳吃飯。」

一聽到要去 Jane 家吃飯的蒲笁薈立馬露出吃貨笑，「嘿嘿，這是當然的啊，說好的名廚私房菜，我還沒忘記呢。」

「對啊，義大利來的名廚喔，好啦，我先走啦，下次見……」在 Jane 正要舉起手跟蒲笁薈還有甄柏言道別時，蒲笁薈突然感到疑惑地打岔。

「嗯？等等，」蒲笁薈轉頭看向甄柏言，並把他往 Jane 推過去，「甄柏言，你不用陪 Jane 回家嗎？」

甄柏言跟 Jane 你看我、我看你，氣氛有些古怪，最後是由 Jane 率先開口：「不用了沒關係，反正我家的車就在校門口，很近，我自己走去就好，倒是笁薈妳現在才剛好些，還需要多多休息跟照顧，晚點的回診就讓柏言跟妳去吧。」

聰明如蒲笁薈怎麼可能看不出來他們兩人的詭異氣氛，可無奈 Jane 趕著離開，而甄柏言也沒有特別表態什麼，所以她也不方便追問太多。

待 Jane 離開，蒲笁薈瞅著甄柏言問：「你是不是有什麼事情瞞著我？」

…♡……♡……♡……♡…

稍晚，甄柏言陪蒲竺薈回診完畢，正在等領藥的時候，兩人坐在大廳的長椅上。

「所以，現在能告訴我了嗎？」蒲竺薈問，因為放學那時，甄柏言沒有回答她的問題，只說看完診後再說。

嘆了口氣，甄柏言似乎很無奈，可他還是沒有正面回答蒲竺薈的問題，反問了她：「妳覺得遠距離戀愛怎麼樣？」

「嗯……遠距離戀愛……」蒲竺薈手肘枕著前面的椅子，托腮看著甄柏言，正思考著怎麼回答。

「Jane 她……」而甄柏言則搶在蒲竺薈想出個所以然前說：「她說她下學期就要轉學了，國外很有名的音樂學院，好像去年還前年吧，她就有在打算了，她問我有沒有信心等她回來，如果沒有，她可能必須放棄我們的感情。」

「甄柏言你這個臭小子！」蒲竺薈往甄柏言臂膀打了下，突然有點心疼看起來很失落的他，並自責自己怎麼都沒發現他的異狀，「什麼時候的事，為什麼不告訴我？你到底有沒有把我當朋友啊？」

「有啊，永遠的冤家頂多普通朋友，妳說的。」甄柏言勉強撐起笑，他就是怕蒲竺薈也會跟著難過才沒有告訴她。

蒲竺薈沒好氣地皺著眉，瞪了他一眼，「都什麼時候了還跟我開玩笑，你呢？你怎麼想的？」

「哪還能怎麼想，可能，追根究柢，我跟她從來就不是一路人，是我癩蝦蟆吃天鵝肉，能交往這幾個月該知足了。」

「打起精神來啊甄柏言，」蒲竺薈兩手握著甄柏言的雙臂搖啊搖，「她是Jane耶！你的女神耶！你好不容易才追到的！」

甄柏言將蒲竺薈的手撥掉，莫可奈何地把臉埋在雙手手掌裡，聲音悶悶的，「先讓我靜一靜吧。」然後，人就走出去了。

看著甄柏言離開的背影，蒲竺薈頭一次覺得甄柏言不是可惡的競爭對手，而是同樣難過情關的可憐隊友。

甄柏言走出去一會兒後，蒲竺薈也領到藥了，步出醫院大門只見甄柏言更失魂落魄地坐在前面的矮凳上。

她打消了立刻去找他的念頭，折回醫院、跑進超商，買了兩瓶氣泡水。

「給，」來到甄柏言旁邊，蒲竺薈遞了一瓶給他，「雖然這時候來瓶啤酒可能會比較適合，可是我長得很可愛，怕店員一下就揭穿我，將就喝吧，反正喝起來的感覺滿像的。」

甄柏言「噗哧」笑了聲，「就只有妳想得出來，氣泡水跟啤酒，我有點難連結，不過算了，謝啦。」

旋開瓶蓋，兩人豪邁地舉瓶碰了碰，「乾杯」喊完後便大口大口讓氣泡水暢快入喉，再一連沒氣質地打了幾個飽嗝，哈哈笑著彼此很噁。

「蒲竺薈。」

「嗯？」

「有的時候，我覺得我跟妳很奇怪。」

「哪裡奇怪了？」

「不合的時候水火不容，但合的時候卻又像這個世界上再沒人比妳懂我那樣，妳說，我們到底算什麼？」

「算……」蒲竺薈湊近甄柏言，笑得既微醺又曖昧，「我也不知道我們到底算什麼。」

甄柏言一愣一愣，回過神後看了看瓶子的包裝，確定是氣泡水沒錯啊。

蒲竺薈不耐，罵他煞風景，「你很煩耶，就不能製造我們是喝酒啊的氣氛嗎？」

「喔，妳下次先說好，不然我真的會以為妳喝酒了。」

「沒默契，」蒲竺薈沒好氣地睨了甄柏言一眼，「還敢說這全世界再沒人比你懂我，破功了吧，所以我說，我們什麼都不算，不算、不算、不算！」

說完，蒲竺薈便孩子氣地往旁挪了好幾吋，扭過頭去和甄柏言置氣。

「小朋友，蒲竺薈小朋友，」甄柏言戳了戳蒲竺薈，畫面有點搞笑，「我錯了還不行嗎？」

「誰小朋友啦，甄柏言你討打嗎？」說著，蒲竺薈真伸手要過去打人，可身手矯健的甄柏言東躲西藏，就是不讓打。

「你在這裡過夜吧，我要回家了。」蒲竺薈起身，順便氣憤地踩了踩甄柏言的腳。

「讓妳打行了吧，讓妳打……」看著蒲笠薔真的要走的身影，甄柏言趕緊從椅子上跳起來追上她的步伐。

「走開。」

「我不要！」

然後，兩個幼稚的小朋友繼續開啟幼稚模式打打鬧鬧地走回家。

託蒲笠薔的福，甄柏言覺得自己好像沒那麼難過了。

好像明白自己要怎麼做了。

或許，在他得知Jane必須離開他的一開始，他就有他的主意，只是因為Jane對他來說過於美好，美好到有點像場夢，讓他還不肯醒。

現在他想，他能醒了。

第六次討厭你　欣喜沒你卻空虛

Jane 還是離開了，搭著今天早上起飛的班機走的。

走前幾日，蒲竺薈、甄柏言、敏如，還有很多古典音樂社的社員，聚在 Jane 家開了個小型歡送 party。

順道告訴大家，Jane 跟甄柏言已經和平分手，但未來仍是會連絡的好朋友。

林杰雁那屆也畢業了。

在畢業前一個月，向蔚嫻終究還是跟他分手了。

透過古典音樂社成發的那曲〈Moonlight Sonata〉，國家級音樂大師對向蔚嫻讚譽有加，雖有燈具掉落的插曲，卻不足以泯滅她琴聲的悠揚，沒過多久就受邀加入樂團訓練，同時還有大學可以念。

林杰雁就不一樣了，單單有愛還是不夠的，大師們要的水準，是他短時間內日以繼夜、夜以繼日苦練都望塵莫及的，最後他還是只能透過一般管道，考試然後申請校系。

「我怎麼有一種好像什麼都結束了的感覺啊？」在機場附近的一處草皮上，蒲竺薈跟甄柏言正悠哉地觀賞飛機起降，蒲竺薈繼續問道：「都不會覺得捨不得嗎？專程來送Jane，結果她卻被採訪的記者團團包圍，都不會有一種想殺入重圍再見她一面的想法嗎？」

「殺入重圍？」甄柏言笑了笑，像是在笑蒲竺薈笨，「那麼厚顏無恥的事妳做就好，我想保持低調。」

「嘖，」蒲竺薈翻他一個大白眼，「那叫浪漫啊浪漫，不懂就廢話少說。」

「我是不懂啦，妳就很懂嗎？」

「我也不很懂，就比你略懂略懂，我大發慈悲地告訴你吧，你要是再這副模樣，之後上了大學依然會魯四年喔。」

「五十步笑百步，」甄柏言不以為然，覺得從沒談過戀愛的蒲竺薈這樣提醒自己有點不夠格，「妳才別魯一輩子，至少我的青春是跟女神一起度過的，妳呢？」

蒲竺薈氣憤，罵甄柏言很白目，「你很煩欸，我魯我驕傲，不行嗎？」

「我沒說不行啊，只是……」

「只是什麼？」

甄柏言頓了頓，正思考該怎麼說才不會害蒲竺薈又難過，當林杰雁傳訊來說自己考上南部的大學時，他沒忘記蒲竺薈那哭得不能自已的樣子。

「嗯……妳還是想跟林杰雁一起嗎？妳媽告訴我妳在找南部大學的資料。」

「吼，」蒲竺薈怪叫了聲，「到底她是你媽還我媽啊，怎麼連這種事都跟你說。」

甄柏言一臉驕傲，「誰叫她女兒五歲那年吃了別人的布丁，害她買一箱來賠，這不就熟了嗎？她還說她有點擔心，南部那麼遠，怕妳寂寞。」

蒲竺薈拱起雙膝，用手抱著，弱弱的說：「怎麼會寂寞？等追到學長，就不寂寞了。」

「是嗎？說得那麼言不由衷，要不是林杰雁在那，妳還是比較嚮往北部的都市生活吧。」

蒲竺薈睨了甄柏言一眼，「一定要那麼了解我嗎？」

「當然。」

沉默了半晌，蒲竺薈才又開口，「我這樣，會不會很傻，追逐了那麼多年，連美好的大學生活也考慮著要不要賠進去，這樣的我啊會不會被處罰？」

「被誰處罰？」

「隨便，反正我就是覺得自己要是去了他那裡一定很浪費時間、感情、人生。」

「蒲竺薈長大了。」

「高三了。」

「對，高三了，是該長大了。」

「你呢？」話鋒一轉，轉來了甄柏言身上，「現在Jane去壯大她自己，你打算怎麼辦呢？」

「還在考慮，我不急，時間到了就會有答案。」

「甄柏言。」

「嗯？」

「趁你還沒有計畫，我先幫你擬一個。」

「幹麼？」甄柏言滿臉疑惑。

「別去我去的學校，」蒲竺薈說：「我們的孽緣就到此為止，讓我脫離你吧，老是和你爭，我超級累的。」

⋯♡⋯⋯♡⋯⋯♡⋯⋯♡⋯

或許高三的生活就是這樣，除了課業之外，也還是課業，縱然蒲竺薈與甄柏言已經是學霸中的學霸也不能例外。

每天從早到晚，再從晚到早，只要一睜開眼，那滿山滿谷的課本、參考書、試卷總是沒完沒了地追趕著。

「煩死了！」大約是晚上八點，人滿為患且安靜到只有翻書聲、寫字聲的圖書館自修室，敏如突然站起來大喊。

「發什麼神經啊，」蒲竺薈趕緊把敏如拉回來，小聲提醒道：「這裡是圖書館。」

「我知道啊，」無暇理會眾人的異樣眼光，敏如氣憤的用原子筆在參考書上大力戳出幾個洞，「就是覺得每天都要看這些東西很煩、非常煩、超級煩，需要喊一喊，發洩發洩。」

甄柏言也從試卷裡抬起頭告訴敏如：「忍耐一下吧，反正也就這段時間而已。」

「喂，你們讀完了沒？」敏如問：「我好餓，我們去吃東西好不好？聽說對面的關東煮正在特價。」

「天啊敏如，不是才剛吃過晚餐嗎？」

「哪有，吃晚餐那已經是六點多的事了，現在都消化光了。」

「怎麼蒲竺薈是吃貨就算了，妳現在也跟上了？」

「甄柏言你欠扁嗎？」蒲竺薈怒瞪。

「一句話，你們走不走？」

然後，三個吃貨書本一闔、筆袋一丟，書包揹著就真的吃關東煮去了。

「爽啊！」大大喝了口湯後，敏如豪氣萬千地吶喊：「生活就該這樣過啊！不然怎麼叫生活呢？」

蒲竺薈接著附和，「說得好！不過，敏如，妳是壓力太大了嗎？怎麼妳最近怪怪的，好像很需要舒壓？」

「你們也怪怪的啊，」敏如用頭努了努蒲竺薈和甄柏言，「突然那麼安靜都不鬥嘴，我很不習慣耶。」

「還是會吧。」甄柏言說。

蒲竺薈回：「對啊，譬如甄柏言很欠扁的時候。」

「又譬如蒲竺薈不可理喻、犯公主病的時候。」

「也又譬如甄柏言亂講蒲竺薈壞話的時候。」

「哈哈哈……」敏如笑開懷，「對！對！對！就是這樣！就是這樣！我喜歡這樣的感覺！真好！」
蒲笙薈點頭，第一次意識到原來能跟甄柏言鬥嘴好像還不錯。
而甄柏言亦是。
「好希望能看到你們一直這樣鬥嘴。」敏如突然地感慨，讓蒲笙薈和甄柏言發現事有蹊蹺，雙雙皆用驚訝、納悶的眼神回應。
「唉，都我媽啦，」敏如滿腹無奈，「說要是我學測跟指考都考差了，就讓我去日本，跟我表姊一起念書，可是我不想離開這裡、離開你們，你們說怎麼辦？」
「很好啊敏如，」蒲笙薈一臉興奮，「如果是我，我一定故意亂考，然後就能去日本念書，還能順便玩！」
「我也覺得很不錯，」甄柏言說：「是個好機會。」
敏如輕打了離自己最近的蒲笙薈一下，「那給你們去好了，虧你們兩個還這麼聰明，嘖嘖。」
蒲笙薈跟甄柏言互看了一眼，表示不懂敏如在講什麼。
「唉呦，就，出國玩跟出國念書是兩回事，」敏如解釋：「出國玩你只要負責玩，而且短時間內就回得來，但是念書就要自己打理一切，還要適應環境跟看不懂的課本、聽不懂的語言，久久才能回來一次，真的很不一樣。」
「好像也是，有道理。」
「對吧，」敏如點點頭，「所以我這陣子才會這麼認真啊。」

拍拍敏如的肩，蒲竺薈說：「辛苦妳了。」

「我猜，你們兩個還是會考同一間大學吧？成績差不多，就算沒有北部國立最好的那間，其他不錯的也一定行。」

「那可不一定，」蒲竺薈嗤之以鼻、滿臉嫌棄，「我才不要跟這傢伙又同校四年，有夠膩。」

「妳別搶走我的臺詞好不好？」甄柏言反駁，說自己跟蒲竺薈同校、同班這麼久實在夠委屈，「我也希望我的大學能沒有妳。」

聞言，蒲竺薈特別放大自己的音量以壯大聲勢，「彼此彼此，記得你現在講的這句話啊！」

「嘖嘖，你們別把話說得那麼滿，」敏如一臉看好戲，「我敢打賭你們之中一定有人會後悔。」

她知道人是習慣性動物，一旦習慣，久了也就密不可分，只是時間或長或短，需要去消化並承認這件事罷了。

而蒲竺薈跟甄柏言正是最好的例子。

「才不會呢！」蒲竺薈跟甄柏言異口同聲，而後又各自不屑地別過頭去。

敏如托腮暗自笑著，並默默期待這對小冤家的後續發展。

…♡………♡………♡………♡…

大概是抱著趁最後日子，加上甄柏言恢復單身，所以房安品又特別勤奮地靠近了。

而且還真是天助她也，期中考後班導居然私自將她的座位調到蒲竺薈和甄柏言中間，同學們私下議論紛紛，說她一定是走後門弄來這機會的，不然依班導對甄柏言和蒲竺薈的疼愛，又豈會做出這種安排？

「柏言，這題，我一直算不出來，可以麻煩你教我嗎？」自習課時，房安品把數學習題本推向甄柏言，奶聲奶氣，還嘟起粉脣輕咬筆蓋裝可愛，害蒲竺薈看一個差點把早餐吐出來。

「嗯……」甄柏言面露難色，「妳不是有請家教嗎？可以問他啊，他教得一定比我好。」當他發現對面的蒲竺薈也看著這幕時，他趕緊向她發出求救訊號。

蒲竺薈這次壓根不想理甄柏言，誰叫她每次好心幫忙，最後一定都會掃到房安品的颱風尾，這種吃力不討好的事久了也就不想做了。

於是，蒲竺薈肩一聳、眼睛一眨、課本一翻，便又繼續念自己的書了。

「妳個沒義氣的！」甄柏言在心裡暗罵道。

「我的家教教得沒有比你好，你如果願意的話，我也可以說服我家幫我聘你來當家教，一小時一千五，很優渥吧，看在你是柏言的分上，我可以再幫你加五百，好不好？」

「哇賽，一小時兩千耶，超好賺，甄柏言如果不要，我可以嗎？」聽到高額的打工費，蒲竺薈眼睛為之一亮，忍不住插話，將剛剛自己做的分析全拋諸腦後，不管不顧了。

「蒲竺薈妳很沒品耶，幹麼偷聽我們講話。」房安品趁機責罵蒲竺薈沒禮貌。

蒲竺薈白了她一眼，「拜託，妳講那麼大聲，要不聽到也很難好嗎？不然妳就不要講啊。」

「妳真的很討人厭！」

「謝謝，彼此彼此。」

「妳！」

「好了啦妳們，要不要看一下現在倒數幾天了？還有閒情逸致吵架？」敏如忍不住出聲，天曉得他們這群不知民間疾苦的學霸和富家千金，都不用為考試擔心。

「安靜點，我們敏如要念書！」

「說妳啦，快念書。」敏如搖頭，對蒲竺薈的耍寶感到既好氣又好笑。

但有的時候會發現，這些也是乏味日子裡的一點樂趣，在飽受書本壓榨的環境中，總要找點事情自娛娛人，他們突然發覺，把房安品排在這麼尷尬的位置，似乎也不全是壞事，至少偶爾還可以互罵當發洩。

…♡……♡……♡……♡…

隨著黑板的倒數日一天天往前推，準備驗收他們這陣子成果的考試終究也還是來了。

成績公布的這天，他們各自懷著心事，坐在校門旁邊的小圓桌放空。

「考得怎麼樣？」蒲竺薈首先開口。

「還不錯。」甄柏言說。

蒲竺薈趕緊接著問：「多少？1、2、3，一起說。」

待他們一起數到三後，蒲竺薈、甄柏言異口同聲，分數都是同樣高得嚇死人。

「學霸耶你們，羨慕又嫉妒，」敏如哀怨，「我可能要拚指考了。」

「為什麼？妳考得怎樣？」

敏如搖搖頭，嘆了一大口氣，「沒有到我媽的標準。」

蒲竺薈拍拍敏如的肩，「沒關係，我跟甄柏言可以幫妳補習，我們免費幫妳。」

「好喔，謝謝你們，」敏如有氣無力，「我累了，想早點回去休息。」

「好，路上小心。」

道別後，只剩蒲竺薈跟甄柏言兩個人了。

「甄柏言你好樣的，居然跟我同分。」蒲竺薈故意揶揄，「就這麼不想讓我贏？」

「妳不也一樣，」甄柏言說：「無論如何都要和我爭到底。」

「知道就好，但這也是我最後一次和你爭了，」蒲竺薈頓了頓，「我想，我應該會考到南部去，所以，你放心去當第一名吧，不會有人跟你爭了。」

「不會吧？」雖然早有心理準備，但實際上聽到蒲竺薈說自己會申請去南部，甄柏言的下巴還是差點掉下來，「妳要愛相隨也不是這樣，何況妳跟林杰雁又沒交往，別鬧，滿級分耶，有這麼多更好的選擇，妳為什麼？而且就算沒有妳，也一定會有別人來跟我競爭，這世界本來就是這樣，妳考慮清楚啊！」

蒲竺薈聽後哈哈大笑，踮起腳尖，用手勾住甄柏言的脖子，「瞧你這副擔心模樣，不知道的人還以為你是我爸，反正我也還只是在考慮，考慮而已嘛，不要緊張。」

「我不是緊張，是替妳可惜。」

「要是被南部的大學知道你這麼說，他們會很難過的。」

停下腳步，甄柏言義正詞嚴地凝視著蒲竺薈，「我很認真。」

「我知道，不然，你先告訴我你想填哪幾間大學，我就知道我要填什麼了。」

「妳真的……就這麼不想和我又同校？同校又不一定會同班，我知道我們的志願不一樣。」

「你說得對，不過這次，真的連只有同校都不太想，你也答應過我的。」

「碰」的一聲，甄柏言感覺到自己心裡好像有些什麼塌了，只是他暫時還說不清這是什麼感覺，但他能肯定這一定與蒲竺薈有關。

他只是未曾想過，可能有一天，如果他的生活沒有蒲竺薈。

「哇，滿級分耶，真爽，本小姐心情好，請你吃布丁要不要？」說完也不等甄柏言回應，蒲竺薈便興奮的蹦蹦跳跳往前跑。

「蒲竺薈！」

「嗯？」一個漂亮的轉身，蒲竺薈的制服裙跟著畫了個美麗的弧度，「幹麼？」

克制住突然想向前抱緊蒲竺薈的衝動，甄柏言佯裝冷靜，壞笑了下：「慢慢走啦，妳很重，在地震了。」

……♡……♡……♡……♡……

九月中旬，大學紛紛展開新學期，蒲竺薈看著手上的地圖，邊走邊依循新生訓練時走過的記憶尋找自己的教室，也免不了要抱怨大學的校園幹麼蓋得那麼大、那麼廣，害她光是從校門口走到自己的系館就花了將近十分鐘。

「我明明記得在這裡沒錯啊……奇怪……」找了半天還找不到教室的蒲竺薈徘徊在系館三樓的一隅，那悶著為什麼明明沒迷路，也確實照著地圖走，為什麼還是找不到。

她下意識拿出手機，點開聯絡人想找救兵，可剛按下甄柏言的名字後，她就又馬上把還未接通的電話切掉。

這裡沒有甄柏言了。

她心想，要百分百擺脫掉甄柏言這個人還真有點困難。

無形之中，甄柏言已滲透了她大部分的生活，她直至這刻才如夢初醒般，泛起些微惆悵。

沒關係，她安慰自己，反正，她是為了林杰雁才來到這裡的。

於是，她這麼安慰著自己：嗯，對，為了學長，所以要堅強啊！

「同學，不好意思，覺得好像看過妳，請問妳也是一年甲班的同學嗎？」

望著眼前這位略為眼熟的男同學，蒲竺薈好像想起新生訓練時自己就坐在他隔壁，好像叫胡什麼濱來著。

「對，我是一年甲班的，」回答完後，蒲竺薈接著問：「我對你有印象，你也是找不到教室嗎？」

「對，」男同學笑得靦腆，「不過我真的記得就在這附近。」

點點頭，蒲竺薈說自己也一樣。

男同學看了看自己的手機後說：「反正不急，我們還有時間，就慢慢找吧，等真的找不到了，再問人。」

然後，他們兩個就結伴同行一起找教室。

可能是走著、找著也很無聊，忘了是誰先開啟的話匣子，但他們已經聊起來了，還有種臭氣相投、相見恨晚的感覺。

「胡文濱，我叫胡文濱。」

「蒲竺薈，我的名字。」

「很高興認識妳。」

「我也是。」

最後，他們並不是靠自己的能力找到教室的，而是被他們班代帶回去的。

有點扯的是，聽說他們班就只有他們兩個迷途羔羊找不到路，其他同學老早就都到齊了。

…♡………♡………♡………♡…

一個月下來，蒲竺薈跟班上同學已經熟悉得差不多，除了胡文濱之外，也交到了吳茉莉這位新朋友。

雖然跟他們相處上都非常融洽，可是不知道為什麼，蒲竺薈就是覺得很空虛，好像在他們面前沒有辦法把真實的自己交出去，談話、互動時也無法像跟甄柏言還有敏如那麼習慣自然。

而想到這裡，她突然好想念甄柏言還有遠在日本的敏如，在這須臾之間，甚至還有點後悔為什麼要為了林杰雁而拋棄本來她能擁有的一切。

話又說回來，打從入學到現在，蒲竺薈一次也沒有在校園內或校外附近見過林杰雁，明明打聽好了他的系館位置、班級教室，甚至還刻意地走過、路過、靠近過，卻始終連半個影子都沒看到，這讓蒲竺薈又急又氣又失望，卻又不敢向誰訴說。

明明是如此渴望與期待的，現在卻折磨得蒲竺薈難受。

經不住想念的蒲竺薈終於還是打給了甄柏言。

她真的不太敢打給他，因為甄柏言念的是爆肝有名、操勞也有名的科系，所以她很怕打過去會帶給他困擾。

後來她想想覺得不對，又不是跟甄柏言不熟，幹麼要這麼客氣？

可不知為何，到現在都還沒有聯絡過，今天這通電話，是他們上大學以來的第一通。

「喂？甄柏言，嗯，你在忙嗎？」蒲竺薈開頭說得小心翼翼，連她自己也不知道原因，大概是久沒聯絡，真的會生疏吧。

「還好，邊趕設計圖邊孤單地吃晚餐，妳呢？」甄柏言的聲音聽起來很疲憊。

「喔，那……」蒲竺薈頓了頓，猶豫著要不要馬上結束這通電話。

而那頭的甄柏言像早就知道蒲竺薈接下來想說什麼似的，立刻就把話接下去：「我忙是忙，但還沒忙到連跟人講電話的時間都沒有，妳說吧，怎麼了？」

聽見這句話的蒲竺薈笑了，很是欣慰，可明明內心是溫暖的，嘴上卻依舊堅持要損一下甄柏言，「你小子不錯喔，不枉費平時本小姐訓練有素，變得有義氣多了。」

「少來，」甄柏言不願居於下風，開始反擊，「明明就是妳自己眼睛被蛤蜊肉黏住，我本來就很優質了。」

「油腔滑調，才上個大學而已就學壞了？」

「好說好說，妳謬讚了。」

聞言，蒲竺薈忍不住地笑了，「什麼鬼啊你，實在是。」

電話那端正攪拌著炸醬麵的甄柏言也笑了，「好啦，認真的，大學生活過得如何？」

被這麼一問，蒲竺薈突然有些不知所措，眼眶忽然溼熱了起來，差點就要告訴甄柏言自己想他想得有點莫名其妙，可是她又強制把嘴邊的話吞回去，「過得很好啊，超好的，我們這邊環境不錯、空氣新鮮，帥哥也不少，所以每天都過得很好。」

「帥哥？」甄柏言聽到關鍵字，內心猛然揪了下，不甘示弱地說：「妳知道的，我們這裡美女如雲，而且不只有美貌，更兼具了聰明，美麗聰明就算了，還很溫柔，跟某人完全不一樣。」

蒲竺薈當然聽出甄柏言的話中有話，忍不住罵他膚淺還有重色輕友，「怎樣？是又看到哪個女神了喔？我告訴你啦，如果沒有我的神助攻，你要怎麼成功？就靠你自己這隻呆頭鵝？給你一百年都還追不到！」

「追不到哪有關係，總比妳追了林杰雁那麼久，到現在都還沒追到得好。」

「……」這句話讓蒲竺薈的心臟瞬間往下沉，心情差得連罵回去的力氣都沒有，也正因為是事實，所以她沒有理由反駁。

「欸，蒲竺薈……」甄柏言也嚇到了，因為蒲竺薈的沉默還有自己剛剛的言論。他語帶歉意地開口：「我不是那個意思，我……」

「竺薈，買到了，排了好久，快點趁熱吃。」好巧不巧，這時去幫忙買晚餐的胡文濱提了兩大袋回來。

「喂，蒲竺薈，妳有聽到我剛剛說的嗎？我……」電話那端的甄柏言努力解釋著，也聽到有人在和蒲竺薈對話的聲音，是個男的。

「沒事，」蒲竺薈淡淡地說，她知道不是甄柏言的錯，但此刻她卻無法笑著應答，只好說：「我餓了，先去吃飯。」然後就掛斷電話了。

…♡………♡………♡………♡…

胡文濱將便當遞到蒲竺薈面前順便試探：「在跟誰講電話啊？怎麼好像聊得不太愉快？」

「沒有啦，就跟朋友聊一下天，謝謝你幫我排便當。」蒲竺薈答得簡略，並沒有詳細說明。

但胡文濱就不同了，繼續追問道：「男朋友？」

「『普通』好朋友。」蒲竺薈還特別強調了「普通」這兩個字。

而胡文濱明顯鬆了口氣說：「那就好。」

蒲竺薈天生少根筋，況且吃貨如她，美食當前，自然沒空去思索剛剛胡文濱的那句話，不以為意地打開便當開始用餐。

接著胡文濱講了很多話，找了不少話題，可蒲竺薈完全提不起勁，只稍微回覆像「嗯」、「喔」、「是喔」、「這樣啊」等的敷衍字詞，但儘管如此，也仍無法澆熄胡文濱的熱情。

他想趁這好不容易才能和蒲竺薈單獨吃飯聊天的機會多講點話，讓自己多了解蒲竺薈，也讓蒲竺薈多認識自己一點。

可他不知道的是，坐在他對面的蒲竺薈根本沒在聽他說話。

第七次討厭你　女神回歸你見不

「竺薈，妳想好要吃什麼了嗎？這菜單上的東西感覺都很好吃，好難選啊，妳呢，會不會也要選擇障礙了？」

放學後，吳茉莉跟蒲竺薈在一間飯館裡吃飯，這間飯館是胡文濱跟她們介紹的，地處隱密，算是巷弄美食，如果不是胡文濱，她們兩個大概也不會知道，但今天他這位介紹人卻缺席，本來是也要來的，卻臨時被社團找了去，就只能她們獨自享受了。

「嗯，對，是有點難選。」蒲竺薈大略掃過菜單一眼，發現這間店的菜餚名字都取得很經典，看起來相當美味誘人，可是她的心思卻完全不在這上面。

半晌，吳茉莉敲定主意已經畫好菜單，但蒲竺薈卻仍未有動靜。

吳茉莉並沒有瞧出半點異樣，單純只覺得蒲竺薈挑不出最想吃的罷了。

「怎麼了？選不出來嗎？還是要用老方法解決？」她們的老方法就是在做不出選擇的時候，用猜拳來決定要吃的食物，猜贏的人說的算。

「妳幫我決定吧，我也餓了。」蒲竺薈雙手一放、往後一仰，整個人全攤在椅子上，像是筋疲力竭那樣。

吳茉莉笑笑，替蒲竺薈點了跟自己一樣的，便到櫃檯去結帳。

待吳茉莉走後，蒲竺薈嘆了口氣，覺得上次跟甄柏言通完電話後的那股悶氣至今還在，久久未能消散，更欠扁的是這小子也沒再打過一通電話來，簡直想把她氣死，她覺得甄柏言一定是翅膀硬了，看她之後怎麼好好修理他。

蒲竺薈邊想邊無聊地玩著手指，順便考慮要不要找一天有空的時間上去看看他那個大忙人。想到一半，還沒能有個結果，吳茉莉就端著她們的餐點回來了，擺好後很開心地告訴蒲竺薈：「老闆說胡文濱已經先幫我們打電話訂了，剛剛我們都白忙了，快吃吧，聽說他們的招牌飯很熱門，沒先訂是吃不到的。」

「那還真得好好謝謝他，」說著，蒲竺薈也幫忙給吳茉莉遞了雙筷子，「這麼貼心，在忙還知道要幫我們訂餐。」

「那還用說，為了妳，他上刀山、下油鍋都甘願啊，」吳茉莉說得起勁，邊說還邊搭配很滑稽的動作，甚至問了蒲竺薈這麼一句，害得她滿臉尷尬，「所以，妳要不要成全他，當他的女朋友？」

「少來，」蒲竺薈四兩撥千斤，「他對妳也很好啊，妳看，他也幫妳訂了飯，妳要不要也考慮成全他，當他的女朋友？」

「喂，」吳茉莉沒氣質地大喊，抱怨蒲竺薈無情，「妳是真傻還是裝傻啊？胡文濱對妳的那個樣子大家都看見了，而且他喜歡妳也已經不是新聞了，妳怎麼到現在還跟我講這些五四三的。」

蒲竺薈無言以對，她確實在這方面很少根筋，但胡文濱從一開始的小心翼翼到現在的大張旗鼓，她就算想不知道也很難。

可是，就因為胡文濱是自己的朋友，再怎樣也無法狠下心來傷害他，退一萬步來說，就目前這個樣子，雖然很撲朔迷離，但已經是最好的了。

「默認了嗎？所以啊，就好好考慮考慮，」說著，吳茉莉突然頓了頓：「除非，如果妳心裡有人的話，那就不勉強啦。」

聽完吳茉莉的話，蒲竺薈沒來由地有些惱火，「一定要這樣嗎？非得心裡要有人才可以不考慮嗎？」不是針對吳茉莉或胡文濱，誰都一樣，「我就覺得我現在這樣很好啊，誰說一定要交男朋友或女朋友？法律有規定嗎？」

「唉呦，不是啦，幹麼發這麼大的脾氣，我的意思是……唉呦，算了算了，不說這個了，趕快吃飯吧，冷掉就不好吃了。」

意識到自己剛剛有點衝動的蒲竺薈趕緊道歉，「我不是那個意思，只是我很明白自己要什麼，不需要別人來替我打算，所以茉莉妳也別替我操心。」

「嗯，好，知道了。」

「謝謝。」

不為了誰，而誰也都不一樣，蒲竺薈方才的那番脾氣，來自於剛剛吳茉莉說完：「除非，如果妳心裡有人的話，那就不勉強啦」之後，她的腦海居然浮現甄柏言的臉……

「蒲竺薈，」放學的時候，蒲竺薈收好書包，準備去圖書館和小組討論報告，卻被胡文濱叫住，「等下有事嗎？我們一起去吃飯好嗎？我又發現了一間很不錯的店，要和我去試試看嗎？」

面對胡文濱的真摯邀請，蒲竺薈真的不想破壞他的興致，可也不想給予任何不必要的希望，況且她本來就打算要去討論報告，所以她說：「沒辦法喔，我等下有事了，你看要不要找茉莉還誰，我要先走了。」

「這樣啊……」胡文濱臉上難掩失望，但還是勉強撐起笑，告訴蒲竺薈沒關係，還自願陪蒲竺薈走去圖書館。

在蒲竺薈千推託、萬拒絕之後，胡文濱依舊堅持，蒲竺薈也沒有辦法，只好由著他陪自己去。途中，突然有人叫了聲蒲竺薈的名字。

蒲竺薈很確定這個聲音的主人是誰，沒有多加思量，便又驚又喜又期待地轉過頭，邊轉邊大聲喊：「林杰雁學長！」

「還好我沒認錯人，太好了，真的是妳，竺薈，好久不見。」林杰雁笑盈盈地朝他們走過去，見到胡文濱時也不忘打聲招呼，「你好，我是竺薈的學長林杰雁，應數系。」

胡文濱則是一臉錯愕，一時半會兒都沒能回過神，是蒲竺薈拍他，他才緩過來，「呃、呃，學長，不好意思，你好，我叫胡文濱，是竺薈的……朋友。」

林杰雁沒特別對胡文濱說什麼，只點頭表示了解，使轉頭繼續跟蒲竺薈寒暄，「妳什麼時候來的？怎麼都沒來找我？現在是住學校宿舍還是外宿？」

蒲竺薈笑容燦爛，逐一回答林杰雁的問題，「來快一學期了，就覺得會打擾到學長，所以才沒有特地去找你，覺得反正都在同個學校裡，有緣的話一定會遇見。我沒抽到宿舍，所以在附近租了套房，學長呢？最近好嗎？」

「還行吧，」林杰雁的笑容有點苦澀，「就那樣囉，沒什麼特別的，對了，我有看到柏言的IG，妳怎麼沒跟他一起念同所學校，跑來這裡，很遠耶。」

蒲竺薈笑了，也是苦笑，沒明說自己來的原因跟目的，只隨便胡謅：「因為一直很少來南部，所以就想來看看，反正學長會挑這裡，那就表示這裡還不錯，都有學長認證了，我也就放心地來了。」

「哈哈哈，」林杰雁豪邁笑了，「不錯啊，來這裡挺好的，所以，我的眼光有讓妳失望嗎？」

「沒有沒有，這裡真的很不錯，學長的眼光還是一樣好。」

「哈哈哈，沒有失望就好，等下要一起吃晚餐嗎？感覺我們還有很多沒聊。」

面對林杰雁的邀約，蒲竺薈真的很想說好，可是命運弄人，就是這麼好巧不巧，身邊卡著一個胡文濱，又要趕去討論報告，這聲「好」實在令她難以應下，卻又不捨割愛。

雖然掙扎，但為了顧全大局，她還是只能這麼說：「學長，我很想跟你說好，可是，真的很不好意思，我要去討論報告，所以今天沒辦法。」

聞言，林杰雁也表示很可惜，「沒關係，討論報告比較要緊，妳趕快先去，別遲到了，吃飯可以改天再約，我們保持聯絡。」

「好，」蒲竺薈點頭，「我們保持聯絡。」

就這樣，林杰雁離開，而蒲竺薈也在胡文濱的陪伴下到達圖書館。

在分別前，胡文濱問：「剛剛那位，是妳喜歡的人嗎？」

「……」未料，蒲竺薈此刻居然感到猶豫，喜歡學長這件事已經沒什麼好不承認的了，蒲竺薈有自信可以大聲認愛，只是，她做夢也沒想過，也一點都不明白她現下的情緒是怎麼回事。

「嗯……好，我知道了。」胡文濱以為蒲竺薈不說話，就表示默認了。

「呃，胡文濱，我……」蒲竺薈想解釋，但胡文濱一點機會也沒給她，鴕鳥心態那般，把蒲竺薈趕進圖書館。

「沒事，我知道，」胡文濱說：「妳趕快上去吧，妳的組員們還在等妳，我已經知道了，放心吧，我沒事！妳別擔心！」說完，還不忘來個帥氣瀟灑的轉身。

但蒲竺薈真的傻眼啊，他知道什麼？他什麼都不知道啊，她也什麼都還沒說啊！

望著胡文濱漸漸遠去的背影，蒲竺薈無奈地搖頭，認為算了，橫豎也沒有追過去解釋的必要，就暫時先讓這件事這樣吧。

因為，她也需要知道自己現在到底發生了什麼事。

……♡……♡……♡……♡……

「竺薈，我們走快點。」週末假日，吳茉莉拉著蒲竺薈出門陪自己買幾件新衣，可就是不知為何，打從剛剛蒲竺薈幫忙挑衣服的時候，吳茉莉就在一旁催促得厲害，最後什麼也沒買就拉著蒲竺薈出來。

「妳幹麼？不是要買衣服嗎？」吳茉莉的舉動顯然把蒲竺薈弄得一頭霧水，「怎麼了？發生什麼事了？」

「走，快走，快點。」吳茉莉並沒有回答蒲竺薈的問題，只一直拉著她連走帶跑，最後拐進了一間超商裡。

進到超商後，吳茉莉左顧右盼，像被誰追殺似的那樣心驚膽顫，連著蒲竺薈也起了一身雞皮疙瘩，「幹麼啊到底？茉莉，究竟怎麼了妳告訴我好不好？要不要求救？」

待確認外頭沒有危險，吳茉莉這才敢放鬆緊戒，趕緊跟蒲竺薈解釋自己的行為，「應該沒事了。呼，剛剛在衣服店就有一個戴鴨舌帽，穿黑衣黑褲的人一直盯著我們，我們都出來了他還是一直跟著，終於把他甩掉了，呼呼，嚇死人了，我們在這裡多待一會兒吧，也不確定他到底離開了沒，好可怕。」

「真的假的啊？」聽完吳茉莉的話，蒲竺薈也嚇到，因為她從來就不想成為社會新聞的主角，「那怎麼辦？我們要不要先報警？」

吳茉莉再望一眼外頭，確認沒看到剛剛跟著她們的男人才放心地說：「不要好了，現在沒看到人，也不曉得打給警察要怎麼說，總之，先在這裡避一避吧。」

「說得也是，」蒲竺薈點點頭，面上的神色還是略為驚恐，「希望他已經走了。」

「蒲竺薈！我終於追上妳了，跑那麼快幹麼？」

「啊！——」幾乎與這句話同時，吳茉莉大叫一聲，幾乎快把人家店裡的屋頂掀了，「就是他！剛剛一直跟著我們的人就是他！」

被這麼一個啊來喊去，蒲竺薈一時半會兒還沒有回過神，但吳茉莉那最後一句害得她差點也要尖叫了——而那個始終戴著帽子的男子，終於把帽子拿下，讓她們看清面目後，蒲竺薈才豁然開朗。

「甄、甄、甄柏言？」

「對，是我，妳們怕什麼？一路都用跑的，讓我追得好辛苦，而且蒲竺薈，妳什麼時候這麼會跑了？之前的大隊接力，妳不是常常當老鼠屎嗎？」

「什麼老鼠屎?!」蒲竺薈忍不住抽起甄柏言手上的帽子往他肩上敲，「還不都你戴什麼帽子、裝什麼變態，害我們差點被你嚇死，你說，精神損失費你要怎麼賠？」

甄柏言喊冤，「這可不能怪我，誰叫妳們自己平時有的沒的看太多，戴帽子錯了嗎？而且我覺得我今天這造型挺帥。」

看到這裡，那彷彿嚇傻了的吳茉莉這才緩過來，「竺薈，你們認識啊？」

「喔，差點忘了幫你們介紹，」蒲竺薈指著甄柏言對吳茉莉說：「這位是……簡單來說，我是他的債權人，因為他，我失去了中幾百幾千億的機會，從幼稚園一路到高中都和我同班，叫甄柏言，」說完便對著甄柏言說：「這是我的大學同學，吳茉莉。」

於是，在嫌棄超商狹小又吵雜後，他們三人來到隔壁一間早午餐店，點了一些點心，邊吃邊聊。

「所以，你們從五歲就認識了喔？好好喔，我也好想有這樣的青梅竹馬。」在聽完蒲竺薈和甄柏言的故事後，吳茉莉露出超級無敵羨慕的眼光。

「不好，一點也不好。」異口同聲，蒲竺薈跟甄柏言的默契依舊未減。

「還說不好，明明就好得很，欸，竺薈，那這樣我就比較好奇了，我是因為家裡本來就在南部，所以沒得選，但要是我，我就一定選去北部那繁華的都市，過過刺激的大學生活，而且妳的竹馬又在那裡，妳又為什麼要來？」

在聽完吳茉莉的話後，蒲竺薈與甄柏言互看一眼，露出那種「你懂我懂」的表情，但要蒲竺薈在旁人面前承認自己只是一時被愛情沖昏頭，屁顛屁顛就來了，還是很不好意思。

「她喔，她就是覺得南部沒怎麼來過，無聊想來看看，也順便想擺脫我罷了，她剛剛說的，她一輩子最不想輸的人就是我，她說她戰累了，想休息一下，是不是？蒲竺薈？」甄柏言見蒲竺薈半晌都沒有回應，便自動出言替她緩頰。

可奇妙的是，甄柏言的這番解釋，居然和蒲竺薈拿來塘塞林杰雁的藉口有八成相似，這讓蒲竺薈覺得佩服。

「是啊，對，就是這樣，不錯嘛，還是你小子了解我。」說完，蒲笁薈還不忘使了個眼神跟他說謝謝，而他也無聲地回她句不客氣。

「喔，原來是這樣，」吳茱莉表示了解，隨後看到手錶上顯示的時間，大叫了糟糕一聲，「天啊，我今天是怎麼了，怎麼有這麼多事，對不起，笁薈，我媽吩咐我這個時間得回去店裡幫忙，你們慢慢聊，我先走了。」

「好，沒關係，妳先忙。」在蒲笁薈叮囑吳茱莉路上小心，他們三人道別後，蒲笁薈跟甄柏言的帳才要好好算呢。

「你這個討人厭的！」蒲笁薈忽然打了一下甄柏言，力道還不小。

「幹麼？很痛耶，」摀著被打疼的地方，甄柏言哀號，「妳還是一樣喜歡無理取鬧。」

「你是還想被我多打幾下嗎？」蒲笁薈很無辜：「都一個多月了也不知道要打通電話來給我嗎？你欠我一個道歉。」

雖說甄柏言此行確實是因為上次通話惹怒蒲笁薈，打算親自來跟她道歉，但他還真不得不佩服蒲笁薈的記仇功力，有夠刻骨銘心。

「我現在不是來了嗎？我就是怕在電話裡講不清楚，而且也不是真的不打給妳，是我這邊太忙了，怕打給妳講不到三句我就必須掛電話了，所以我才乾脆直接過來找妳，不知微臣如此這般，皇上有沒有比較消氣？」

「哼，這還差不多，得了，朕原諒你吧。」

甄柏言莞爾，端起桌上的奶茶喝一口，掩飾自己安心的笑容。

但這愛記仇的蒲竺薈當然沒那麼容易放過他，像是不經意般突然開口調侃：「喂，啊你不是說你們那邊有很多很優質的美女，怎麼沒帶過來讓我鑑定鑑定？還是說你這棵千年大神木根本追不到她們？」

聞言，甄柏言當然懂蒲竺薈的意思，無非是還惦記著上回他無心的那句：「我們這裡美女如雲，而且不只有美貌，更兼具了聰明，美麗聰明就算了，還很溫柔，跟某人完全不一樣。」

嘖，甄柏言想，論這世上最會記仇的，實屬蒲竺薈當之無愧。

「有，當然有，」甄柏言不甘屈於下風，認真考慮了好一會兒才決定告訴蒲竺薈這件事：「我們系的系花很正，聽說好像對我有意思。」

「哈哈哈哈哈……」蒲竺薈笑得沒心沒肺，直嚷著甄柏言是騙人的，「當我還不知道你嗎？就憑你？幹麼？你們系花眼睛提早退化了是不是？」

「妳眼睛才提早退化，」甄柏言反駁，「妳除了提早退化還眼光不好，現在有人眼光比妳好，妳也不好好檢討檢討，反倒怪起別人，我看，就妳這蠻橫、霸道不講理的樣子才沒人敢追吧。」

「唉呦！誰說我沒人追的！」蒲竺薈聽完這番話簡直氣急敗壞，沒想太多，只一個較勁的意味，便也把胡文濱的事說了：「我們班也有人正喜歡我呢！」

「喔，那又如何，我的是系花，妳的是什麼？」

「我同學啊，雖然不比你那什麼系花強，但你沒聽說過近水樓臺先得月嗎？他跟我同班，幾乎每天都坐在我隔壁，巧的是連選修都選同一門，你說，這樣難得的緣分，會比你的系花差嗎？哈哈哈……」

雖然甄柏言面無表情，感覺很雲淡風輕，非常事不關己，但內心翻騰得可嚴重了。

蒲竺薈的那些話像颶風一樣，在甄柏言心底興風作浪，吹得西歪東倒，讓甄柏言如臨大敵，很不是滋味。

「總歸還是我比較贏吧，」甄柏言嘴硬，「我的是系花，妳那什麼同學的還是不能拿來相提並論。」

「唉，真的是有理說不清耶，算了，我就開出來給你看看，看看人家也是帥哥一個，好讓你心服口服。」

說罷，蒲竺薈拿起放在一旁的手機，滑了滑後遞到甄柏言面前，「這位就是胡文濱，如果硬要說的話，真的還挺帥的，雖然沒有被封系草，但這顏值基本上也算是很高的。」

拿過蒲竺薈的手機後，甄柏言細細端詳，忍住想把相片刪除的衝動，仰裝鎮定地反駁，「一般般而已，哪裡帥了？算醜。」

「你才醜！你全身上下都醜！你……」蒲竺薈那句「你也不看一下你長怎樣」都還沒說完，就有人大聲喊她的名字，使得她與甄柏言不得不轉頭查看來者何人。

「還好我沒認錯人，」胡文濱走上前相認，順帶跟甄柏言打招呼，「你好。」

甄柏言默不作聲，只點頭致意，默默觀察剛剛還在相片裡，現在居然活生生出現的胡文濱本人。

「怎麼樣？這位就是胡文濱，」蒲竺薈熱情挽住胡文濱的手臂，幫他們互相介紹，還不忘損甄柏言一句，「文濱文濱，文質彬彬，人如其名，才不像你雞腸鼠肚、心胸狹窄。」

在蒲竺薈說完這句話後，現場一片尷尬，被她挽住的胡文濱面上有喜，但目有殺氣。而甄柏言感覺也好不到哪裡去，神色複雜地望著眼前蒲竺薈與胡文濱親暱的模樣。

「你們幹麼呀？見到本尊有必要這麼興奮嗎？」然而，夾在中間的蒲竺薈並不知道這兩個人散發出的是廝殺氣息，而且源頭還是因為她。

早前，剛認識胡文濱的時候，她就跟他介紹過與自己有深厚孽緣的甄柏言，也拿過照片給他看，所以她這個呆子以為他們兩個現在的心情就如同見到照片裡的偶像那般雀躍不已。

「原來你就是甄柏言，」良久，胡文濱打破這一室的沉默，可言語卻反常地尖酸刻薄，「竺薈跟我提過你，說你們只是『普通』的同學，不小心同班了好幾年，這緣分可真深厚。」

「你也不遑多讓，正課就算了，連選修也要黏著蒲竺薈，臉皮可以再厚一點。」

聽完甄柏言的話，胡文濱倒也不生氣，反而老實得差點把甄柏言氣死，「對啊，我想也是，如果我臉皮再厚一點的話，說不定就是竺薈的男朋友了。」

「什麼啊？不是，胡文濱你——」慢了好幾拍的蒲竺薈這會兒總算懂了，胡文濱這招趁亂告白殺的蒲竺薈猝不及防，可在她還想回些什麼的時候，甄柏言悄無聲息地趁她鬆手之際將她拉到自己身邊。

「抱歉，蒲竺薈跟我還有事，我們先走了。」說著，甄柏言拉著蒲竺薈就要走。

胡文濱倒也大方，並未糾纏，只在他們路過他身邊的時候對蒲竺薈說——

「我剛剛在前面的街上遇到那個應數系的學長。」

…♡……♡……♡……♡…

從早午餐店走出來後，蒲竺薈就一直左顧右盼、東張西望，像是在尋找什麼東西一樣。

聰明如甄柏言，他怎麼會不知道蒲竺薈現下的表現一定與剛剛胡文濱說的「應數系學長」有關，所以他乾脆也不拐彎抹角，直接切入重點問她胡文濱說的是誰。

「你覺得還能有誰？」蒲竺薈說：「當然是林杰雁學長啊。」

「雁哥？」甄柏言驚訝，「你們遇到了？」

蒲竺薈點頭，「對啊，這有什麼好意外的？我來這裡就是想遇見他的啊，不然我幹麼來？」

停下腳步，甄柏言沒有繼續往前走，而是專心地把話問完，「那，妳有什麼打算？」

「要打算什麼？就那樣吧……」蒲竺薈猶豫了下，接著繼續說：「我也不知道耶，總覺得好像怪怪的，好像我對學長已經不是喜歡的感覺了，再次遇見的時候，也沒有之前很緊張、很不好意思的感覺，就很普通，很一般，跟見以前的老朋友一樣。」

「跟見以前的老朋友一樣？」甄柏言抓住了關鍵，要蒲竺薈講清楚一點，「妳是說見到林杰雁的感覺就跟見到我一樣？」

「嗯……」蒲竺薈想了想，「如果硬要這麼歸類的話，那應該也可以。」

豈料蒲竺薈這番話居然弄得甄柏言一時語塞，好半晌才敢問出連自己也害怕知道答案的問題，「喂，妳是不是真的喜歡上胡文濱了？」

蒲竺薈瞇眼一笑，語調調皮，「你猜啊？」然後就不管甄柏言，逕自走入上午還沒逛完的衣服店裡。

甄柏言五味雜陳的望著蒲竺薈，隨後也進了去，跟在蒲竺薈後面欲言又止。

待蒲竺薈逛完，也敗了幾件戰利品出來後，甄柏言才又開口，「依我看，那個胡文濱一定不是什麼好人，妳最好能離他多遠，就離他多遠。」

「你才不是什麼好人吧，」蒲竺薈不客氣地打了甄柏言的臂膀一下，「想太多了吧你，他人很好，倒是你，第一次見面就跟人家講那種話，還有沒有點禮貌？」

「我很有禮貌啊，」甄柏言不以為然，「我哪裡沒禮貌了？」

「你！」蒲竺薈無言，「算了，不和你囉嗦了，你什麼時候回去？無處去要流落街頭的話，本小姐可以考慮出借我租屋處的地板，租金算你便宜點，一晚五百如何？」

「別說五百了，就是一千五我也給妳，」甄柏言一把弄亂蒲竺薈的頭髮，「可惜妳賺不到，我今晚趕夜車走，明天一大早還要跟我們系主任討論設計圖，不能久留。」

「蛤啊？」蒲竺薈婉惜，「這麼快就走啊。」

「嗯，再跟妳耗一下我就要去搭車了。」

「喔。」蒲笁薈看的出來很捨不得，分別那麼久，難得能見到甄柏言，他回去後，就又沒人陪她鬥嘴解悶了。

「妳幹麼？」甄柏言輕輕捏蒲笁薈的臉頰，「這什麼臉啊？」

「放手啦，」蒲笁薈嫌棄地把甄柏言的手撥掉，「希望你趕緊走的臉啦。」

甄柏言拿蒲笁薈的嘴硬沒轍，她現在這表情擺明就是捨不得他走，有必要那麼不坦率嗎？

「快點走啦！」蒲笁薈催促著，「一秒鐘也別留下。」

「好，我馬上走，但妳要答應我一件事。」甄柏言朝蒲笁薈靠近了一步，傾身讓她看著自己的眼睛。

與甄柏言專注的眼神對上的剎那，蒲笁薈慌了，心跳有別以往地加速著，但為了不讓人發現她的異樣，她依舊故作冷靜道：「幹麼啊？發什麼神經，靠得那麼近怪噁心的。」

說著，蒲笁薈下意識就要往後退，豈料甄柏言不讓，故意伸手一攔，幾乎要將她抱進懷中。

「你……」蒲笁薈臉熱得不敢看甄柏言，半句風涼話也說不出來。

「答應我，」甄柏言真誠地說：「不管是林杰雁還是胡文濱都不要喜歡，還有其他人也是。」

…♡……♡……♡……♡…

「笁薈、笁薈、蒲笁薈！」

「喔、喔，茉、茉莉啊，什麼事？」

終於，在吳茉莉不曉得喊第幾聲後，蒲竺薈總算有反應了。

「想什麼想得這麼出神？我是要跟妳說妳上學期提出的國內大學交換生申請通過了，」吳茉莉將剛剛老師交代要給蒲竺薈的資料遞給她：「喏，在這裡，妳看一下。」

接過資料，蒲竺薈看了看，原來是上學期末誤打誤撞，在半強迫的狀態下報的，這次，她被安排到要去甄柏言的學校上課一個月。

「我有印象這間大學，那不就是妳那個竹馬的學校嗎？」吳茉莉笑得十分曖昧，「嘿嘿，這下你們兩個又可以一起念書、一起吃飯、一起做好多好多事了……」

「別、別亂說……」或許是蒲竺薈的腦海突然浮現那天甄柏言認真看著自己的眼神，頓時亂了方寸，一個失手，力道沒控制好的打了好大一掌在吳茉莉的手臂上，害她吃痛大叫。

「對不起、對不起，我不是故意的，對不起，茉莉妳還好嗎？」蒲竺薈趕緊道歉，自責自己怎麼能因為甄柏言就亂打人。

「是有點痛，不過沒事啦。」見蒲竺薈也是無心，吳茉莉並未跟她多做計較，只繼續提問：「妳最近怎麼了？從放完寒假回來後就有點失神，做事也冒冒失失的，是哪裡不舒服嗎？還是發生什麼事了？」

搖搖頭，蒲竺薈找藉口：「沒、沒事，可能是開學症候群吧，還想繼續放寒假，所以才會這樣。」

聽了蒲竺薈的話後，吳茉莉也沒有多表示什麼，僅交代她如果有事要提出來商量，千萬別自己憋著。

蒲竺薈則簡單回應，只一個「好」字，便打發了還想繼續追問的吳茉莉。

雖然，蒲竺薈很明白自己這一切的失常是來自甄柏言離開前的動作和言語，可她並不認為那有什麼，還暗自罵甄柏言是白痴，也不睜大眼睛看看她是誰，她可是蒲竺薈耶，還敢自以為帥氣地撩她，簡直不知死活到了極點，等去他們學校見到他，肯定要好好跟甄柏言算算這筆帳，不然她就不叫蒲竺薈。

但才剛這麼想完而已，晚上蒲竺薈就氣消了，還風風火火地給甄柏言打電話，告訴他自己下週要去他們學校當交換生，會待一個月的事。

「妳來幹麼？」明明蒲竺薈來，甄柏言是高興的，可不知為何，他一開口就成這樣。

「幹麼啊？我難道就不能去嗎？」蒲竺薈有點氣惱，「而且我又不是去玩的，我是去交換的，對你們來說，我們還是來賓呢，這就是你的待客之道嗎？」

「喔，來交換的啊，嗯，我知道，好像有聽說。」

蒲竺薈不屑地哼了哼，說了句知道就好。

「喂。」甄柏言叫了蒲竺薈。

蒲竺薈挺不耐煩，大聲地回了他句：「幹麼啦？」

「沒幹麼，就想問妳來的話住哪。」

「我當然住你們學校的宿舍啊，不然住哪？」

「喔，那……要去帶妳嗎？」

「不用啦，你傻了嗎？我是去你們那裡交換的，到時候自然會有人來帶我們啊，而且我們學校又不只我一個人要去。」

「喔，那就好，反正，妳來之後再跟我聯絡。」

「那是自然，」蒲竺薈立馬開啟厚臉皮吃貨模式，要拗甄柏言帶她去大吃特吃，「有吧有吧，你們那裡應該很多好料的吧？」

甄柏言真是敗給她了，連來當交換生都能被她搞得像要來戶外教學、遠足郊遊那樣。

「有吧有吧？甄柏言？」見通話的彼端安靜無語，蒲竺薈再做一次確認。

「有啦有啦，很多、很多，到時候看妳要吃什麼，我帶妳去就是了。」然後，蒲竺薈那聲聲的吃貨笑就這麼響徹雲霄，讓甄柏言想馬上掛了電話的念頭都有了。

「好，那先這樣，我去準備行李了。」

「嗯。」

接著這通電話，就這麼簡單地結束了。

手機螢幕暗下後，甄柏言依舊傻愣地呆望著，感覺心裡面似乎有一塊空了好一段時日的位置終於要被填滿。

他感覺自己對蒲竺薈要來北部的這件事非常非常期待，甚至已經到了渴望的地步。

但有件事他一直弄不明白，就是他跟蒲竺薈之間好像變得很奇怪，而且目前看來只有他這麼覺得，這感覺詭異也就算了，居然連舉止也很是反常。

他想不透為什麼自己會發神經似的對胡文濱起敵意，只因為他向蒲竺薈表露心意嗎？而且還跟蒲竺薈說那些莫名其妙的話。

而這些也就都算了，他居然在蒲竺薈說她現在對林杰雁的感覺就像見到老朋友一般，且這種感覺就像見到他的感覺時既安心又生氣，甚至有時候還……

還特別特別地想抱緊蒲竺薈，像害怕她不見一樣……

不不不，沒有的事，什麼都沒有。

甄柏言猛烈地搖搖頭，內心不禁抱怨起這也太可怕了。

他覺得他一定是還不習慣身邊沒有蒲竺薈這個既不可理喻又嘮叨不休的人跟他鬥嘴而已，對，他想，一定是這樣沒錯，甄柏言告訴自己別想太多。

而反觀蒲竺薈這裡，她就沒甄柏言那麼多心眼了，只想著美食美食美食，然後說要整理行李，其實也不過就把行李箱翻出來放而已，梳洗完畢就做著她的吃貨夢去了。

…♡………♡………♡………♡…

時間很快就到了蒲竺薈要過去交換的日子。

這天他們到了的時候已接近傍晚，甄柏言他們學校的接待人員先帶他們到宿舍放行李，接著將他們集合到大交誼廳中用ＰＰＴ做環境導覽和自我介紹。

「那麼以上，有問題的部分都歡迎提出來，要若沒問題的話，就請同學們移步至我們的學生餐廳用餐，謝謝你們。」

臺上的接待人員說完話後，大家就迫不及待地成群去了餐廳，只剩蒲竺薈還坐在原位打電話。可她打了老半天，甄柏言一直都沒接，在她準備放棄的同時，有位接待人員走過來。接待人員很親切，笑著對蒲竺薈說：「同學，妳怎麼了？是不是有什麼問題呢？」

「噢，嗯，我有一個朋友他也是這所學校的，我打給他，可是他沒有接。」

「那妳覺得他這個時候會在哪裡呢？如果妳知道大概的位置，或是他的系所，這樣我也比較好帶妳去找他。」

點點頭，蒲竺薈思考了下，接著告訴對方甄柏言的名字和讀的科系，還有之前通話的時候他曾跟她提起的宿舍名字。

「甄柏言?!妳認識甄柏言？」豈料，接待人員聽到蒲竺薈的話後，十分驚訝，驚訝著她怎麼會認識那個一來就掀起旋風的大一帥哥小鮮肉。

「對、對啊，我、我認識甄柏言沒錯。」而蒲竺薈則是被眼前這位接待人員轉變的熱情態度嚇得好一陣尷尬，差點不知道要怎麼回答，暗罵甄柏言這個臭小子還真會四處拈花惹草，隨便一個誰都認識他，嘖嘖。

「其實我是他系上的學姐，既然妳認識我們柏言，那我們也算一家人了，不必拘束，叫我梅子就可以了，走囉，我帶妳去找他。」說著，這位叫梅子的學姐就這麼熱情地勾住蒲竺薈的手臂，要她帶去找人。

途中，梅子問蒲竺薈：「妳跟甄柏言很熟嗎？他這個人神神祕祕，每次叫他介紹他自己時，都只會說沒什麼特別的而已，無奈學校裡面又沒有之前跟他同高中的人，所以我們大家都很好奇他。」

「好奇他？」蒲竺薈問：「他這個人有什麼好好奇的？」

「聽說是以第一名成績進來的，而且長得又高又帥，大家當然想多了解他一點囉。」

我也第一名啊，你們怎麼不來好奇我？你們會好奇甄柏言那是因為你們不了解他，等真的了解他之後，我才不信你們還會這麼崇拜他嘞。蒲竺薈在內心不以為然地吐槽，可表面上還是很認真回答梅子的發問：「我跟他從幼稚園的時候就認識了，一路同班到高中畢業，硬要說的話，算很熟很熟。」

「跟他從幼稚園就認識……天啊！天啊！難道妳就是傳說中的蒲竺薈?!」梅子握住蒲竺薈的雙手又驚又喜，像小粉絲見到大偶像那樣欣喜若狂，「我的媽呀？蒲竺薈本人耶！」

「呃……呵呵呵……對，我就是蒲竺薈，呵呵呵……」這晚梅子給她的驚嚇實在太多了，多到她已不以為意，卻又不曉得該做何回答，眼下只滿心好奇為什麼梅子會知道她。

而梅子就像蒲竺薈肚裡的蛔蟲那般，也或許是蒲竺薈那悶的表情太過明顯，所以梅子一下就懂了，「妳一定是想問我為什麼會知道妳吧，說來甄柏言他這人也奇怪得很，雖然愛搞神祕，但卻常常跟我們提起妳，總說妳最愛跟他搶東西吃了，每次聚餐，他總叨唸沒人搶食的日子很無聊，我們也都開玩笑說要把妳請過來一起吃，讓我們開開眼界，看看他被搶食的表情有多經典。」

「喔、喔，原來是這樣啊，哈哈哈，對啊，我偶爾、很少的時候才會跟他搶東西吃啦，哈哈哈。」蒲竺薈掄起拳頭，轉了轉手腕，想著待會兒一定要好好修理甄柏言，竟然敢把她講得這麼沒氣質，雖然、雖然是事實，但也不能這麼老實啊！

「天啊，我真的覺得妳好可愛，妳跟他一定是一對歡喜冤家啊啊啊。」梅子怪叫著，還渾身散發著月老般的姨母笑，「妳要不要考慮轉過來我們這裡啊？我聽說妳成績也不差，跟他不相上下，要考過來應該也不是什麼難事，怎麼樣？要不要？」

蒲竺薈差點就答應她了，只不過因為覺得林杰雁那邊還需要一點時間來釐清，所以還是婉拒，「不行耶，不好意思。」

梅子的笑臉瞬間變成苦瓜臉，「蛤？為什麼？」

「我有個學長在那裡，所以沒辦法過來了。」以蒲竺薈的個性，她是不會隨便透漏跟林杰雁有關的事，或許是因為梅子非常親切的緣故，讓她卸下了心防。

「學長？」梅子並沒有錯過重點，將眼睛瞇成一直線，語氣曖昧，「喜歡的人齁？」

「我……呃……」蒲竺薈登時愣住，說是也不是，說不是也不是。

梅子嘖了聲，一副「我懂我懂，妳別解釋」的表情，並朗聲大笑地拉著蒲竺薈繼續前行，還不忘打趣她怎麼這麼容易害羞，要果敢點才交得到男朋友。

蒲竺薈這時當然沒有回什麼，就怕多說多錯，只好哈哈地隨便帶過。

從宿舍出發到甄柏言所在的地方要不了多久，他們很快就抵達了，梅子說，甄柏言通常這個時間都會在系辦打工，幫老師們整理資料、打打雜之類的，很偶爾，特別是期中、期末考的時候，才會在系辦的木桌那讓課業有問題的同學提問。

「到了，妳看，甄柏言他現在就在木桌上用電腦，應該是在幫老師整理上學期的資料吧，」梅子轉頭對蒲竺薈說，接著用食指比了比坐在甄柏言旁邊、動作親暱的女孩介紹：「要說甄柏言是系草，那陳于滋就是系花了，大夥兒老調侃他們很登對，可我猜那大概是妹有情郎無意，很明顯人家甄柏言不喜歡她，竺薈，妳快進去解救甄柏言吧！」

說時遲那時快，蒲竺薈還沒反應過來便被梅子一把推進系辦裡，而梅子則抱著看好戲的心情站在門口觀望，沒打算進去。

梅子推的這一下，力道還真沒在客氣，害蒲竺薈一跌就跌到甄柏言對面，差點把整個木桌打翻。

「啊——嘶……好痛……」因為撞擊力道不小，蒲竺薈雙手手掌都擦破了，那疼痛的感覺使她無暇顧及系辦內其他人的眼光。

「蒲竺薈？」這麼大的撞擊力道，甄柏言也不得不注意到，「妳來了啊？」

待疼痛緩過，蒲竺薈沒好氣地大罵：「來了啊！來很久了，都不知道打幾通電話給你了，」說完看到一旁睜著無辜大眼的陳于滋，這肝火就更旺了，「你這見色忘友的傢伙，沒誠意要接待我就說嘛，害我撞這一下，都快痛死了，還有梅子！妳推那麼大力幹麼?!」

說著，蒲竺薈轉過頭要去瞪梅子，誰知梅子早已逃之夭夭、不知去向。

「蒲竺薈，讓我看看。」甄柏言繞過陳于滋走向蒲竺薈，滿是擔憂地抓著她的手，著急忙慌的要帶她去保健室。

「柏言，」眼看甄柏言就要帶蒲竺薈離開，陳于滋趕緊出聲阻止，但在看見蒲竺薈的傷勢後才又識相地改口：「沒什麼，只是想提醒你現在這個時間保健室已經關了。」

「嗯，我知道。」簡單回應陳于滋後，甄柏言就拋下手邊的工作護著蒲竺薈走回自己的宿舍，但因為規定的關係，也只讓她在門口等。

沒有多久，甄柏言便從自己的寢室拿來一個急救箱，並拉著蒲竺薈到一旁的長椅坐，仔細為她清理包紮。

處理完畢，甄柏言關心道：「好了，下次注意一點，我們辦公室的木桌之前壞過一次，所以多少有些利角。」

「哼。」蒲竺薈不買帳，依舊氣得把自己的手抽回來。

「我也不是故意不接電話的，那時候我們在開會，開完會又馬上要討論設計圖，妳剛剛撲上來的時候我們都還在忙，連上趟廁所都沒時間了，更別提瞄手機一眼。」

「哼，」蒲竺薈噘嘴，忍不住抱怨，「忙就忙，你們那個系花有必要靠得那麼近嗎？這一看就知道有鬼嘛！你……」

「等等，」將蒲竺薈的喋喋不休打斷，甄柏言說：「我記得我早就跟妳說過我們系花好像對我有意思，妳忘了？」

「我……」

「喔，對了，」甄柏言還很故意地補充，「不是好像，是已經證實了，我們系花她確實喜歡我，上禮拜跟我告白了。」

「囂張！被告白就被告白嘛！有什麼了不起的！就你這副德性也能被告白，那個系花的眼光還真好啊！」不知為何，一聽到甄柏言說有人向他告白，蒲竺薈就更來氣，巴不得能有個什麼可以讓她打一打、揍一揍以洩心頭之憤。

聽完蒲竺薈的氣話，甄柏言默不作聲，只玩味地看著她、非常仔細地看著她。

「幹、幹麼啊？」讓甄柏言這麼一看，蒲竺薈的戰力瞬間減半，連說話都會語塞。

「妳在吃醋？」

甄柏言簡單的四個字，差點成了害蒲竺薈被口水嗆死的凶器。

尷尬且小心的將唾沫嚥下，蒲竺薈集中零散的氣勢繼續發功，「哪有，我吃什麼醋？我幹麼吃醋？林杰雁學長或胡文濱他們又不在這裡，我要吃什麼醋？總不可能是因為你吧！」

甄柏言也不跟蒲竺薈爭辯，強忍著笑意把她的頭髮抹亂，在蒲竺薈的視線範圍外得意地偷笑。

如今甄柏言已經可以肯定自己對蒲竺薈的心意是喜歡無誤了。

「喂，你幹麼啊？」蒲竺薈在忙亂中抓住甄柏言的手，「別鬧！」

「好啦，沒吃醋就沒吃醋，反正我知道了。」

「知道就好。」顯然，蒲竺薈並沒意會過來甄柏言話語裡的意有所指，只照著字面上隨便回應他。

無所謂，甄柏言想著，沒關係，無論如何，現在他很高興。

像是一道卡了好久的數學題，總算被解開了，樣豁然開朗。

自從高三之後，不，更正確地說，自從蒲竺薈那次在社團發表會裡被燈具砸傷後，自己對她的感覺就已經生變。

起初不以為意，認為僅是多年好友之間的擔心，因為在那之前也曾有過這樣的經驗，但隨著林杰雁去南部念書的消息、蒲媽媽來告知蒲竺薈在找南部大學的資訊，又到後來被她嗆明不想又讀同間大學後，甄柏言心底那被裹了好幾層膠布的祕密盒子才終於被打開，又經歷、思考了很久才發覺有異……

到底這樣的情感，與他對Jane的那份欣賞還是有差別的……

而且差很多。

甚至還要更重、更濃、更難割捨。

「喂甄柏言，我餓了！我要吃飯！」幸好，蒲竺薈這個腦袋只裝食物的吃貨暫時還沒發現甄柏言的異樣，只顧自己肚子正唱著空城，「你請客啊！誰叫你沒接我電話，又由著你們那個什麼梅子學姐的把我弄得這麼狼狽，我不管，今天我愛吃多少就吃多少，統統算你的帳啊！」

「好，妳吃，隨妳吃。」甄柏言眼神寵溺，嘴角又為蒲竺薈這嗜吃的模樣失守了次。

「哇賽，今天那麼大方？甄柏言你中樂透？」
「沒啊，奇怪，有人請妳吃飯還問題那麼多？」
「嘖，啊是不能問喔，奇怪，再吵我等一下叫你餵我喔，反正我現在包成這樣，正缺個傭人。」
「我才不要，妳自己慢慢吃。」
「小氣！沒良心！」
雖然，甄柏言說是這麼說，但買到便當後，他還是很甘願地用湯匙一口一口舀給蒲竺薈吃。
蒲竺薈要他餵自己的那句話，真的只是玩鬧的罷了，豈料她那包得像丸子的手實在難使，莫可奈何，她只好讓甄柏言外帶，兩人又回到剛剛的長椅上，讓甄柏言服務了。
「誰叫你要給我包得那麼腫，你活該。」蒲竺薈舉起手叫嚷。
「我第一次能包這樣就很不錯了，妳還得誇獎我呢。」
「你好意思？還誇獎你嘞，旁邊蹲去吧！」
「好啦好啦，下次我會包好看一點，行了吧？」
「下次？你還嫌我摔得不夠倒楣嗎？欠扁是不是？明天把你們那個什麼梅子找來，反正你們來一個我扁一個，來兩個我湊成雙！」
「妳少來，我就不信妳現在包成這樣還能幹麼。」
「……」
於是，本來不起眼的長椅，今晚因為坐了兩個吱吱喳喳的冤家而生氣勃勃，熱鬧得很，他們兩個吵到很晚，蒲竺薈才讓甄柏言送她回宿舍，而在蒲竺薈抵達宿舍後，甄柏言則又自己走回男宿。

…♡………♡………♡………♡…

隔天一早，蒲竺薈就過著一般大學生的生活，跟她本來的作息沒什麼兩樣，只不過換個地方罷了。

雖然現在是在甄柏言他們學校，但她的修習課程依然跟她本來的科系一樣，只是她可以跨領域體驗其他科目。

所以，她理所當然地選擇甄柏言他們系的課程修了，反正也只是體驗而已，學不起來也不會被怎樣，況且還有甄柏言罩著，蒲竺薈就不客氣地填了，甚至是選了他們系裡最難修也最無聊的課。

「妳為什麼要發瘋？妳知不知道教這門課的老師特別難搞？」吃午飯時，蒲竺薈興沖沖地跟甄柏言分享這個消息，可劈頭就被澆了一大桶冷水，還被甄柏言罵是豬頭。

「喂，你少瞧不起人了，」蒲竺薈反駁，「你是不是來了這裡之後沒有人跟你競爭，所以你就目中無人？你看清楚點，現在在你面前的人是誰好不好？我耶，我是蒲竺薈，從小跟你競爭到大的蒲竺薈，你會的東西，我沒有不會的道理，去到哪裡都一樣，你等著吧！這門課我要你叫我聲老大！」

就一種打從骨子裡非要跟甄柏言競爭的熱血吧，但蒲竺薈這次真的栽了，她這回還真沒想到，這門課已超出她的能力範圍，與從前的通識課相差十萬八千里，都說學有專精，這蒲竺薈還是頭一次意識到，甄柏言他們這門課啊，是接續上學期課程的延伸，她從沒碰過這類型的東西，毫無基礎，又要如何讓甄柏言叫她聲老大？

更慘的是，她還收到一則令人崩潰的消息，那就是這次交換結束後會有一個測驗，要算進他們這學期的成績裡，要及格才行，沒有的話可就……

「妳會不會呀？真的不用我教妳嗎？」圖書館裡，甄柏言無奈地看著已經翻了好一會兒參考書、圖鑑和課本的蒲竺薈，想幫忙她好多次了，但統統都被她給拒絕。

「不用不用不用，你安靜點對我來說就是最好的幫忙了，你別吵，安靜做你的事。」

說完，倔強不認輸的蒲竺薈依舊努力找尋著答案，試著憑藉己力理解，而被拒絕了第N次的甄柏言也已放棄，不再多言，打算等她自己想通了再來找他求救，雖然他知道要蒲竺薈主動來找自己援助是難如登天。

良久，就在蒲竺薈快知道答案的時候，陳于滋來了。

「柏言，原來你在這裡啊，」陳于滋邊說，邊放下手上抱著的書本，拉出椅子與甄柏言對坐，「老師找你呢，說上次整理的資料還有一半沒整理好，問你什麼時候有空再過去幫他弄。」

「嗯，知道了，」甄柏言點頭，接著繼續說：「妳幫我告訴他，等這個麻煩人物願意讓我教，我也把她教會了，自然就會回去幫他了，不過，這不是還有妳嗎？妳先幫他做前半，後半我再接手。」

「可是……」陳于滋看了坐在甄柏言旁邊的蒲竺薈一眼，很明顯有點意見，但礙於顏面又不能把話講得太明白。

「可是什麼？」甄柏言問，但沒讓陳于滋回答，自己又接著說下去，「她很聰明，所以不用太久。」

「喔，」是很不情願沒錯，但陳于滋也只能點頭，隨後靈機一動，「不然，我去把筆電搬來，我們一起在這邊做，這樣你也可以一邊教她了。」

甄柏言思考了下，綜合現況與陳于滋的提議，做出了一個很完美的決定，「這樣吧，與其去把電腦搬過來，不如讓蒲竺薈跟著我們去，如何？」

「對耶，我怎麼沒想到，不愧是柏言。」陳于滋的笑容很甜，甜到都能長螞蟻了。

撇撇嘴，蒲竺薈一臉不屑，但想想自己似乎也沒什麼立場與資格能去阻止他們，況且現在還是為了她，所以她那些本來已經在脣邊的損言損語只好認命吞回去。

「走吧，蒲竺薈，收一收跟我們去系辦。」

然後，蒲竺薈把書本闔上、東西收拾收拾，跟著一起去系辦了。

到系辦後，甄柏言給她安排了位子，就在上次她差點打翻的木桌，他要她先在這裡繼續讀書，他則和陳于滋先去準備筆電和資料，等會兒就過來。

蒲竺薈敷衍回應，隨後照著甄柏言的交代拿出書和筆，繼續作答剛剛的未解之題，可心不在焉的她時不時就會往甄柏言和陳于滋的方向看，仔細注意他們的一舉一動，

「我幫妳拿吧。」在電腦櫃旁，甄柏言那紳士風範展露無遺。

而陳于滋也樂得能讓自己的心上人服務，興高采烈地甜聲回應：「好啊！」就把手上的筆電遞給甄柏言。

整個畫面是多麼完美融洽啊。

然而，坐在一旁將種種所有全看進眼裡的蒲竺薔並不覺得完美，她只想把甄柏言抓過來綁一綁，除此之外，她還更想把陳于滋這個女人踢去外太空給外星人做肥料。

「真的是中央空調。」蒲竺薔瞪甄柏言一眼，很孩子氣。

「妳趕快看妳的書吧，現在我有事做了，也沒辦法說教妳就教妳。」甄柏言說得很故意，他知道如果再不用激將法，蒲竺薔恐怕這一晚上都要跟書一起過夜了。

當然，如果蒲竺薔不用睡了的話，他甄柏言也一定不能睡。

「柏言，那我們開始吧，」打開電腦後，陳于滋放了一份資料在她和甄柏言之間。

接著甄柏言也把目光從蒲竺薔身上移回來看資料，開始認真在鍵盤上敲敲打打，時不時還會跟陳于滋一起討論，模樣相當親密。

「于滋，這邊是女學生的統計數據，妳看我這樣打可以嗎？」

「于滋，那這樣呢？」

「于滋，我處理好了。」

「于滋，這裡再麻煩妳。」

于滋、于滋、于滋，甄柏言喊得蒲竺薈都快煩死了，不知為何，他們倆這樣的親暱稱呼，聽得蒲竺薈都快腦充血，渾身上下沒一處自在，連繼續找答案的心情都沒有。

坐立難安的蒲竺薈像隻蟲一樣扭來扭去，可甄柏言也不知道是故意還是無心，連理都沒理她一下。

不管了，直覺似的，蒲竺薈站起身、抱著書，用力拉起甄柏言，沒說二話，拽著他就往外跑。

跑一段路，蒲竺薈終於停下，甄柏言未定驚魂地問：「蒲竺薈，喂，妳幹麼？」

「我……」蒲竺薈也不曉得該怎麼回答他，就是一股忍不住的衝動，一把就拉著他跑了，約莫頓了幾秒，她找了個很勉強的藉口，「我不掙扎了，你教我吧，趕快教我。」

看一下天空、再望一下四周，這是甄柏言聽到蒲竺薈話後的第一個反應。

天要下紅雨了嗎？

「幹麼？看什麼？」蒲竺薈不耐，「我叫你教我啊。」

「喔、喔，可是，我不能莫名其妙地把于滋一個人丟在系辦啊。」

「于滋于滋于滋，你去找她好了，」蒲竺薈火氣大罵，甄柏言真是找死，都這個時候了還跟她提「于滋」，所以她極為不爽地對甄柏言大聲宣告：「我決定了，我明天就去辦退，馬上回我們學校，我要跟你絕交！」

說著，蒲竺薈轉身就要走，甄柏言趕緊拉住她。

「回去找你的于滋啦！」

「喂，不是，我又不是不教妳，」甄柏言改拉成牽，「走吧，跟我回系辦，我在系辦教妳。」

「系辦系辦，反正重點一句你就是喜歡陳于滋嘛！」莫名其妙，蒲竺薈也不知道自己到底怎麼了，只下意識覺得很討厭，討厭喜歡甄柏言的陳于滋、討厭甄柏言叫「于滋」、討厭他們系辦，也討厭現在這個樣子的自己。

但見蒲竺薈如此鬧騰，甄柏言也沒有生氣，只耐心哄著，「我的皇上啊，微臣要是喜歡上了誰，豈有不向您稟報的道理，您說是不是，再說您和微臣都多少年交情了，我要是喜歡誰，一定會告訴您。」

雖然，嘴上這麼說，可甄柏言到底是不確定的。

他喜歡蒲竺薈這是可以肯定的，百分百可以，但蒲竺薈那邊他就不好說了，一方面是之前從來沒看過蒲竺薈有什麼要好的異性跟她告白過，所以甄柏言不知道她會有什麼反應；另一方面則是卡著個林杰雁還胡文濱的，他無法確定蒲竺薈的心意，他怕……

但蒲竺薈這個還沒觀察出有什麼異樣的人，當然答得輕輕鬆鬆：「也是，諒你不敢。」

「走吧，」蒲竺薈把自己的手從甄柏言的掌心抽離，若無其事地抓了抓頭，「回你們系辦，教我那些我看不懂的東西，還有，剛剛你自己說的話，你記住了啊。」

說著，蒲竺薈就開心地往前邁步，知道甄柏言並非喜歡陳于滋後，她的心情就好了。

甄柏言邊追上蒲竺薈邊回她：「好。」

不久兩人就回到系辦，除了把課業三兩下就處理好之外，連甄柏言他們老師的公務蒲竺薈也順手幫了，這讓他們老師讚不絕口，說下次還要再來，他無條件幫她加分，讓蒲竺薈可高興了！

回程的時候，他們先送陳于滋回宿舍，兩人才又來到甄柏言宿舍門口的長椅聊天。

「什麼魔王啊，騙人，你們老師明明就那麼好。」蒲竺薈開心地直誇他們老師，都快把他捧上天了。

甄柏言不予置評，只說是蒲竺薈好運，有他帶她去系辦才讓她有機會幫忙老師。

「那也是我聰明，不然怎麼幫你們老師啊？」

經驗老道的甄柏言也不和她繼續爭，妥協般的回她：「是是是，妳最聰明了。」

「是說，雖然就差我一點啦，不過陳于滋也算是漂亮、聰明、條件好的，即使不及Jane，可也算是同個類型，你怎麼就不喜歡她？」

甄柏言怔了怔，對於蒲竺薈突然發問的話有些不知所措，或許是好久沒聽到「Jane」這個名字了，是一段挺美好的回憶，對他來說。

「她們不一樣，Jane她太優秀了，」甄柏言打從心底說，現在回首看他和Jane的感情就像夢幻般的存在，很不真實，「坦白說，如果現在Jane還跟我在一起的話，我覺得應該會很可惜，我配不上，Jane非池中之物，而陳于滋就更不同了，雖然陳于滋條件也很好，但我沒感覺。」

「你終於有自知之明了，」蒲竺薈感到很欣慰，但嘴上仍沒饒過甄柏言，「我也覺得要是Jane現在還和你在一起，那真的會有點可惜，你能清醒我真替Jane開心。」

「那妳知道嗎？我現在喜歡的人。」

聽到甄柏言的話後，蒲竺薈馬上打了一下在他的臂膀上，「齁，還騙我說只要你有喜歡的人你都會告訴我，還不快從實招來？誰？哪個系的什麼人？」

「那也是有條件的，」甄柏言討皮痛的故意耍賴，「妳順利通過我們學校的課我就告訴妳。」

想當然，蒲竺薈又是不客氣地揮一掌過去，「你很廢耶，食言而肥的傢伙。」

「我哪有食言而肥？」，甄柏言抗議，「反正要妳通過我們的課程很簡單啊。」

想了想，甄柏言的話也不無道理，現在他們的課程對她來說也已經不成問題，於是她答應：「好！如果你敢框我，我就扁到你媽都不認得你！」

「行！一言為定！」

其實，甄柏言也只是在做垂死的掙扎而已，他知道，蒲竺薈她肯定可以。

……♡……♡……♡……♡……

不知不覺間，日子過得飛快，這天已經來到了交換生的最後一日，而結業測驗也在昨天完成，老師們批改得也快，所以參與的大家也都已經知道自己的成績。

厲害的是蒲竺薈她除了通過之外，還是全部交換生裡成績最高的。

「怎麼樣啊甄柏言？」蒲竺薈滿臉喜色地拿著成績單在甄柏言面前甩，「你應該還記得你說過要是我通過你們學校的考試，你就要跟我說你喜歡誰吧？」

「嗯，」甄柏言回答得很肯定，「我當然記得。」

「很好，那我洗耳恭聽了。」

「不過……」甄柏言仍然耍賴，「要我告訴妳可以啊，但萬一我喜歡的是我們學校的人，這樣就算告訴妳系級、名字妳也不知道啊。」

「你管我知不知道，」蒲竺薔一臉驕傲，「反正只要你說了，我就有本事查出她長得是圓是扁、家居何處又從何業，沒準還能再賺你一次媒人禮，如何？我覺得還挺划算的。」

甄柏言沉默了，霎時間，他突然有點後悔自己那時為什麼要跟蒲竺薔做那種約定。

而沒等到甄柏言答案的蒲竺薔僅是覺得他害羞了，耒著玩味的心態像在看好戲，也不催他，就只靜默地等待著。

只是，這會兒，蒲竺薔覺得心裡好像有個什麼怪怪的，她說不上來、她不知道，只覺得心跳快得厲害，彷彿下一秒就會從胸口跳出來。

「喂，你到底說不說？」這感覺讓蒲竺薔有些氣惱，見甄柏言也沒有回答的打算，她就生氣了。

「妳是認真的嗎？」甄柏言問得格外謹慎小心，邊向蒲竺薔做確認，也邊向自己確定。

「不然呢？我看起來像在耍寶嗎？」

在蒲竺薔回答完後，又等了良久甄柏言他依舊開不了口。

這是他頭一次覺得自己患了失語症，連很簡單的「我喜歡妳」這四個字都無法言說。

頃刻間，氣氛變得好凝重。

終於蒲竺薈按耐不住，也不想繼續為難他，擺擺手，她說：「算了算了，不說就算了，我要去你們教務處領學習證明了。」

就在蒲竺薈轉身之際，甄柏言那欲言又止的脣總算動搖，字字大聲且真切，彷彿要讓全世界都聽見：

「我喜歡妳蒲竺薈！」

…♡……♡……♡……♡…

蒲竺薈回去他們學校已經兩個星期了，但甄柏言的那句告白仍舊言猶在耳。

她沒做什麼表示，在甄柏言跟她告白之後。

她懵了其實，她做夢也沒想過那個從小吵到大的幼稚傢伙竟然會喜歡自己。

可她並不討厭這種感覺，反而還有些高興，她說不明白，但就是一種開心到快要飛起來的感覺。

不是什麼優越感、成就感、膨脹感，而是出自真心的歡喜。

這天放學時分，吳茉莉將書包收拾妥善，轉頭問蒲竺薈有沒有興趣去市區新開的咖啡館喝下午茶吃點心，但卻被蒲竺薈拒絕。

「為什麼不去？」吳茉莉很驚訝，平常蒲竺薈這隻吃貨最愛的東西就是甜點，她大吃特吃都來不及了，怎還會說不，「妳不舒服嗎？」

「不是，是因為我已經有約了。」

「有約了？誰啊？胡文濱嗎？」

蒲竺薈搖搖頭，「不是，是我以前的一個學長，他們教授請他幫忙做個研究，但因為人手不夠，所以來請我幫忙。」

「喔，」吳茉莉點點頭，順口問句：「對了，怎麼都沒聽妳說妳跟妳那個竹馬的消息？妳都回來兩個禮拜了耶。」

「他……他……」一講到甄柏言，蒲竺薈沒來由地一陣心跳加速，語塞得不知該如何是好，幸好林杰雁來得及時，趕緊把她帶走。

「妳們是不是還沒聊完啊？不好意思，可能我太急了。」離開蒲竺薈他們教室後，林杰雁滿是歉意地說。

聞言，蒲竺薈連忙搖頭，「不不，不會，沒有的事。」

「那就好，」林杰雁接著說：「對了竺薈，我們教授的這個研究可能會做到學期末，這樣妳能接受嗎？」

「可以可以，」蒲竺薈說：「當然可以，而且我還要謝謝學長分我一半薪水，倒是學長你還要打工，這樣真的忙得過來嗎？」

聽到蒲竺薈擔心自己的疑問，林杰雁不自覺地笑了，「可以，而且有妳來幫我了啊。」

點點頭，蒲竺薈表示了解，隨後就跟著林杰雁進到他們老師的辦公室一起工作了。

跟林杰雁在一起工作了好一段日子，蒲竺薈發現林杰雁對自己很照顧，雖然以前就很好了，但這次可以說是無微不至到有點小曖昧的地步。

凡舉偶爾說話間的親暱口吻、不小心看見對方的微紅雙頰，還有很少、極少的時候手靠得很近，會忍不住有想牽的衝動。

但是，非常離奇的是，這些情況和症狀就只有林杰雁有，而蒲竺薈則一點也沒有被粉紅泡泡圍繞的感覺。

因此，她覺得自己壞掉了，而且還壞得不輕，對方是她費盡心思、拋棄了很多機會就是要追隨與喜歡的林杰雁耶，這要是之前她早就不知羞恥為何物地撲上去說我願意了，那現在她是怎麼一回事？

「竺薈，我這邊差不多了，妳呢？要幫妳嗎？」林杰雁走過來傾身靠在蒲竺薈身後，雖然不是故意的，但兩人瞬間靠得好近好近。

意識到這太過於接近的距離，蒲竺薈感到有些害怕，下意識地站起身拉開彼此距離，自嘲地說：「瞧我這笨手笨腳，有夠慢的，不如還是讓學長你來吧。」

「好，當然沒問題。」說完林杰雁便溫柔地摸了摸蒲竺薈的頭，然後坐到電腦前幫她接續完成。

林杰雁坐下接手後不久便三兩下處理好了，他們存檔、關機、稍做整理，相約到附近新開的餐廳吃晚飯。

到了店內，林杰雁依舊很紳士的幫蒲竺薈拉椅子、點餐，除此之外還搶著要付帳。

「學長，千萬別這樣，我會很不好意思。」蒲竺薈抽出皮夾，從裡面拿了錢要給林杰雁。

林杰雁拒絕，「竺薈妳別客氣，我是自願要請妳的，不然，妳就當是我請你來幫忙的酬勞吧。」

「那怎麼可以，」蒲竺薈把錢硬塞進林杰雁手裡，「你薪水都分我一半了，我當然不能再讓你請。」

「真拿妳沒辦法，」雖然這麼說，但林杰雁還是沒把錢收下，反倒又再把錢放回蒲竺薈手裡，還說了一句讓她非常無措的話，「如果說，我很樂意請找喜歡的女孩子吃飯，那竺薈妳是不是就比較願意讓我請客了？」

「……」蒲竺薈被這話嚇得呈現呆滯狀態，完全失去反應能力，只能瞪大眼睛盯著林杰雁。

林杰雁忍不住笑了出來，覺得蒲竺薈的表情怎麼那麼可愛，像怕她沒聽清楚那樣，又再告白了一次，「其實，之前國中的時候我就覺得妳很可愛，但我總覺得妳喜歡的是柏言，所以才沒敢往前，但自從在這裡與妳重逢之後，我就覺得我應該要好好把握了。」

「什、什麼……我……」蒲竺薈這下覺得自己整組壞光光，怎麼她居然對林杰雁的告白一點感覺也沒有，真的什麼感覺都沒有……

「本來我真的覺得妳跟柏言是很適合的一對，但卻沒有在一起真的很可惜，但現在我反倒慶幸你們沒有在一起，」林杰雁抓了抓頭，有點難為情的說：「所以竺薈，妳願意跟我交往嗎？」

蒲竺薈真的愣住了，呆若木雞地看著林杰雁，說願意也不是、不願意也不是，一點頭緒也沒有，弄得氣氛尷尬啊尷尬的。

「學長……我……」當蒲竺薈欲言又止，勉強說了幾個字，還在猶豫該如何接下去的時候，一道很好聽、很熟悉，但已經好久沒有聽見過的聲音喊了她的名字，而這個聲音的主人竟比林杰雁跟她告白還要更令她震撼，甚至還參雜著一些害怕的成分。

「這不是林杰雁學長嗎？」那個聲音這麼說：「還有……竺薈？」

第八次討厭你　發現在意心煩亂

Jane回來了。

就在林杰雁跟蒲竺薈告白的那天，Jane告訴蒲竺薈她預計回國舉辦個人大型音樂會，在未來的半年裡會舉辦三場，從北部開始巡迴到南部，並因為南部是最後一場，規模也最大，邀請了很多國外有名的音樂家前來一起參與，她故而先來觀察場地。

現在的Jane跟以往當然不可同日而語，經過幾年的歷練與淬鍊，她的音樂造詣又成熟、精湛了許多，在音樂界也已占有一席之地。

「不一定，辦完這幾場音樂會，可能我又要去國外了。」在蒲竺薈問她會不會回來定居後，Jane這麼回答。

「那，妳有跟甄柏言聯絡了嗎？」

「柏言啊，」Jane微笑了下，「沒有，還沒跟他說，從我走後，我跟他就沒聯絡了，所以這次突然回來就當給他個驚喜吧。」

「那，Jane妳想見他嗎？」蒲竺薈緊接著問。

「如果能的話當然好啊，」Jane說得感慨，「這幾年，其實我也很想他，老想著以前跟他在一起的時光，也很羨慕那個時候的我們。」
聽到Jane的話，蒲竺薈的心臟揪疼了下，不是很情願地說：「我……妳如果真的想見他的話，我可以幫妳約他，但，他並不在這裡，妳可能要等他一下，或者，妳直接去找他。」
「他不在這裡？」Jane對於蒲竺薈與甄柏言分隔兩地的事感到非常訝異，「我以為你們兩個會一直都一起，怎麼現在居然？」
蒲竺薈僵笑了笑，認為Jane這是在吃醋，於是趕緊打圓場，「人各有志嘛，況且我跟他又沒什麼關係，總待在一起也不好。」
然後，蒲竺薈又接了一個新的任務，在這談話的最後。
因為Jane跟她說：「好啊，那就麻煩竺薈安排了，我也想跟柏言見面。」
只有天知道，蒲竺薈有多麼想撕爛說出「妳如果真的想見他的話，我可以幫妳約他。」的這張嘴。
蒲竺薈後悔的莫名其妙，似乎有意找藉口隨便塘塞Jane，卻又覺得要是自己真這麼做了，那也太不講仁義道德了。
回到家後，掙扎了半天，蒲竺薈在手機螢幕前看著它亮，再由著它暗已經好久了，但卻一點也沒有想把電話撥出去的動力，遲遲的、緩緩的，對她而言是一種很奇怪、很複雜的心情。
這一刻，聰明如她，滿腹經綸竟也找不到半個詞能來形容。
疲憊地抹了把臉，她把手機扔到床上，決定來個眼不見為淨，隨便拿了個包包，約吳茉莉逛街去。

…♡………♡………♡………♡…

然而該來的還是逃不掉，在蒲竺薈和吳茉莉吃飽喝足也逛得盡興後，她回到房間滑開手機，竟有多達十幾通的未接來電都來自甄柏言，基於好奇有什麼重要的事情，蒲竺薈沒有多想便回撥過去。

「幹麼？」蒲竺薈直接開口。

「也不是什麼很重要的，就想……跟妳講話。」

「少來，」蒲竺薈頗為不滿，「你要是有心也不至於拖到現在才打來，都什麼年代了，又不沒有通訊軟體，你連傳個訊息都懶？」

「我……」甄柏言笑得靦腆，「不是懶，是不敢。」

「不敢什麼？」

「怕被妳拒絕啊，所以乾脆就不打了。」

甄柏言的這句話弄得蒲竺薈語塞，霎時間竟不知要怎麼回，一個衝動之下，便把她猶豫了很久，也不太想講的事給說了：「喂，甄柏言，你猜，我前幾天遇到誰？」

而聽見蒲竺薈的話後，甄柏言以為她想開玩笑，便也欠扁地回她：「哈，妳不要告訴我妳遇見了妳的男神，那個什麼韓國的偶像，這大白天的，別做夢了。」

蒲竺薈沒好氣地翻了白眼，「你才沒睡醒，我不是遇見我的男神，是你的女神。」

「我的女神有很多個耶，」甄柏言說起風涼話還真是不正經，「妳看到的是韓國的女團、外國的美女，還是……」

「嘖，甄柏言！」蒲竺薈恨不得能衝去打他，「廢話少說，你別裝了，你一定知道我在說什麼。」

「我真的不知道，我現在的女神，如果要認真說的話，不就——」甄柏言的那個「妳」字還沒說出來，蒲竺薈就搶了他的話。

「Jane 啦！你個大白痴！她回來了，她說她想見你，希望我能安排你們見面。」

「Jane？」甄柏言愣了愣，沒有太多心思，馬上就答應，「好啊，可以，什麼時候？我過去。」

或許是沒想到甄柏言會答應得那麼爽快，蒲竺薈登時不知該作何回答，只覺得自己胸口有股氣，卻不知要怎麼發。

蒲竺薈沉默太久，惹得甄柏言那悶出聲：「幹麼？怎麼不說話？」

「沒，」蒲竺薈忍下心裡的難受，撐起笑說：「我知道了，會幫你們安排。」

「喔，那看什麼時候妳再跟我說。」

蒲竺薈默默嘆氣，想著甄柏言這算什麼朋友，都多少年了還是不能懂她，而且還說什麼他喜歡自己，簡直就是屁話。

算了，她想她也沒資格能批評甄柏言，因為就連她也不懂自己，甚至也不懂甄柏言，譬如現在吧，就是了。

「那我再跟你說件事，對我來說可能是件好事，但對你可就不一定了，你想聽嗎？」

甄柏言覺得一頭霧水，剛剛的話題還在Jane，怎麼現在馬上就換了個話鋒？

數秒過後，蒲竺薈等不到甄柏言的答案，逕自開口說：「學長他……我是說，林杰雁學長他跟我告白了。」

「林杰雁學長他跟我告白了。」

甄柏言在聽到蒲竺薈的這句話後，徹底失了神，不過幾個字的一段話就讓他覺得忽然間什麼都失去了。

「你有沒有在聽我講話？甄柏言？」這通電話裡面，他們兩人輪流沉默，對於感情這件事，他們誰也沒有把握。

或許是蒲竺薈的呼喚讓甄柏言回神，他的回答很簡略，就一個「有」字。

「幹麼？覺得我騙你嗎？我很認真耶，學長真的跟我告白了。」

「沒有，我知道妳沒有騙我，」甄柏言百感交集、千頭萬緒，「我只是想問然後呢？妳答應他了嗎？」

「然後，哪還有什麼然後，後來就遇到Jane，開始跟她聊天了。」

聞言，甄柏言立即豁然開朗，「那妳的意思是妳沒有答應他？」

「也不是，正確來說應該是還沒給他答案才對，」蒲竺薈「嘖」了聲，故意很惋惜地說：

「我也很訝異為什麼自己沒有馬上答應他，我是不是要現在就打電話過去講清楚啊？」
「不，」幾乎是下意識的，甄柏言替蒲笠薈拒絕，「不可以。」
蒲笠薈忍不住笑，但嘴上還是不饒人，「你很奇怪耶，你見 Jane 就可以，我答應學長的告白就不行？」
「不，那不一樣！」甄柏言說到結巴，「……反正、反正反正不一樣就對了啦。」
蒲笠薈笑得一臉驕傲勝利，「喔？不一樣？哪裡不一樣？說來聽聽吧。」
「反正……唉呀，」甄柏言不再跟蒲笠薈五四三，只堅定地喊了她的名字，說：「蒲笠薈，反正誰都可以跟妳告白，但妳誰也不能答應，除了我以外，在我回到妳身邊之前，拜託妳誰也別喜歡。」
甄柏言說不上來這是什麼感覺，只知道他感受到了情敵的威脅，甚是不安。
所以，他告訴自己一定要盡早回到蒲笠薈身邊，雖然現在他還沒辦法確定蒲笠薈的心意，但是他想和她一起，至少在同個地方、有她的地方。

…♡……♡……♡……♡…

或許是甄柏言的交代奏效，也或許是蒲笠薈她真的不想，反正，林杰雁的告白，蒲笠薈拒絕了。
「能告訴我為什麼嗎？」在蒲笠薈拒絕告白的當時，林杰雁這麼問。
「我……對不起，學長我……」蒲笠薈無法說明自己拒絕的原因，但她並不隱瞞地告訴他：

「學長，對不起，但我的確喜歡過你。」

「那為什麼現在不喜歡了？」林杰雁又接著問，「是因為柏言的關係嗎？」

聽到林杰雁這麼問時，蒲竺薈霎那接不上話，只感覺到心臟的位置好像顫了一下，若有似無，

「哪、哪是啊，那傢伙算什麼？憑什麼因為他我要拒絕學長？當然是因為、因為、因為我不喜歡學長了……」蒲竺薈越說越小聲，小得都快聽不見了。

聽了蒲竺薈的話，林杰雁清俊的面容上透著難掩的失落，沉默了好一會兒他才很勉強地說：

「我知道了，不過，竺薈妳不用跟我道歉，倒是我給妳添麻煩了，不好意思。」

「沒事、沒事，」蒲竺薈搖搖頭，挺尷尬，「學長你也不用跟我道歉，我還得謝謝你，謝謝你喜歡我。」

「那我想，我也是吧，」林杰雁釋懷地笑了笑，「我剛剛有聽到喔，妳說妳喜歡過我，我也謝謝妳。」

聽到林杰雁這麼說，蒲竺薈也放心了，最後，他們兩人還是決定要維持本來的關係，不希望因為這件事而破壞了什麼。

「啊對了，」分別前，蒲竺薈補充：「Jane 跟我說她的巡迴音樂會，最後一場南部場，她有邀請蔚嫻學姐，請學長你也一定要來。」

…♡………♡………♡………♡…

匆匆的大一下學期結束在這一連串的意外與驚喜中。

這樣的情況讓蒲竺薈很混亂，她沒有辦法說明與解釋，這對她來說太難了，比起難解的數學題、難背的文言文、冗長的英文單字，這份心思還要更難釐清。

但她知道自己是難過的，自從Jane回來後、自從甄柏言答應跟Jane見面後，她整個人都怪怪的，有點生氣、有點想罵人，更多的是有點、好像接近失戀的感覺……

搖搖頭，蒲竺薈掉了一身雞皮疙瘩，她覺得自己突然間的這個想法好可怕，她還是不要再想了吧。

…♡………♡………♡………♡…

Jane跟甄柏言的見面日終於敲定了。

兩個都是大忙人，時間上難免會撞期。

這天，Jane和蒲竺薈先到約定好的餐廳等待，甄柏言讓他們等了快半小時才用跑的進來。

不用蒲竺薈招手，也不需要Jane喊他，一入內，甄柏言就找到了她們。

「柏言！」見到甄柏言後，Jane激動地站起來擁抱他，「太好了！真的是你！我很想你！」

甄柏言也很激動，在Jane抱住他後，他也擁住了對方，並說：「我也是。」

這對前男女朋友重逢並擁抱的畫面很美。

但看在蒲竺薈眼裡，這一切一切，她卻覺得好討厭，本來就很後悔答應Jane的請求、後悔告訴甄柏言這件事，如今親眼見識到了這些，她的後悔度又更加暴增了。

「我這幾年去了好多個國家表演，認識了很多新朋友，過得很充實，」跟甄柏言擁抱完畢，雙雙就座後，Jane問：「你們呢？這幾年好嗎？」

「還可以。」依舊是異口同聲，甄柏言和蒲竺薈這樣回答。

「你們的默契還是一樣好，」Jane微笑著邊打趣邊繼續問：「怎麼都沒看到敏如？她呢？」

「她去日本，」蒲竺薈答道：「被家裡安排出國留學了。」

「這樣啊，那可以幫我聯絡她嗎？我希望我的終場音樂會你們大家都可以來參加。」

「可以，她不定時都還是都會跟我傳訊息或打電話。」說著，蒲竺薈拿出手機，點開自己和敏如的對話框，並在裡面打上Jane要回來辦音樂會的消息，問她有沒有興趣。

沒想到敏如秒讀就算了還興奮得秒回：「好！當然有！什麼時候？」

蒲竺薈將手機拿給Jane看，「她回過來了，問說什麼時候，十二月底、一月初那時嗎？」

「對，」Jane點了頭，「大概就是那個時候，但也可能已經放寒假了，不知道時間上會不會和她的課程有衝突。」

「好，我跟她說。」語畢，蒲竺薈敲著手機裡的小鍵盤將剛才Jane說的一字不漏輸入送出。

「好，我要去，如果到時候沒有放假，我會跟學校請假。」敏如這麼回。

蒲竺薈發了個「ok」的貼圖過去，便將敏如的答案轉述給他們兩個聽。

「哈哈，謝謝你們捧場，我真是太高興了。」

緊接著，服務生幫他們送上餐點，他們繼續邊吃邊聊。

只是，接續的對話與話題都是 Jane 跟甄柏言兩個人在聊，全把蒲竺薈晾在旁邊，這讓蒲竺薈很不是滋味，在心裡嚷嚷這兩人真是忘恩負義、過河拆橋，怎麼也不想想是誰安排的才能讓他們在這裡見到面，也不想想是誰剛剛使命必達，一下就幫忙約到遠在日本的敏如回國聽音樂會。

「這樣啊，那柏言你的課業真的很重，好辛苦啊。」大概是聊到大學生活的話題，Jane 滿是心疼地對甄柏言說：「要找時間好好休息啊，我真怕你累倒。」

「不會，」甄柏言耍帥的撥了撥頭髮，很有自信，「我撐得住，這沒什麼。」

Jane 嘆了嘆，口氣既感概又遺憾，「以前我們在一起的時候我總是忙，老放你自己一個人，現在換你也忙，有的時候，我還滿希望自己不是Jane、不是什麼音樂家，這樣就可以好好陪你一起走下去了。」

聽到Jane 的這句話，蒲竺薈與甄柏言一起放下手上的餐具，愣愣地看著她。

「沒關係啦，」半晌，甄柏言說：「因為妳是Jane，我以妳為榮。」

「嗯，」蒲竺薈的笑容擠得有點勉強，酸溜溜地說：「Jane 妳離開甄柏言這傢伙是對的選擇，妳跟他在一起很浪費。」

聽到他們兩個的話，Jane 對甄柏言笑著說：「如果有一天，我不是Jane了，真希望我們可以有以後。」

Jane的這一句話弄得蒲竺薈瞪大眼睛，不知該如何是好，也弄得甄柏言很無措，不曉得該怎麼回應她的這番話。

Jane怔了怔，似乎也感受到了他們兩人的怪異氣氛，於是趕緊說明：「如果，我只是說如果，就只是如果而已，你們兩個別那麼緊張啦。」

…♡………♡………♡………♡…

結束了那天三個人的聚餐後，暑假也很快就過去了。

新學期開始的這天，蒲竺薈趴在桌上望著窗外，一副懶洋洋的樣子，像是還沒準備好要上課。然而，其實就她自己知道，她還在介意Jane回來的事，還有那天的談話內容與氣氛。

雖然，大學生活確實非常自由，只要不翹課翹得太誇張，要歐趴其實並不難，但可能就是一種自律的態度吧，蒲竺薈儼然把大學當成了中學在過，目前為止都是全勤，這讓偶爾會翹課、會睡過頭、會因為要忙社團、忙打工的吳茉莉和胡文濱都感到很不可思議。

「想睡就回去再睡一下啊，反正第一次上課老師們不會太認真點名啦，而且也不會上什麼，頂多就課程介紹、說怎麼計算分數而已，不痛不癢。」吳茉莉進教室後很有活力的拍了拍蒲竺薈，鼓譟著要她回租屋處睡回籠覺。

把吳茉莉的手揮掉後，蒲竺薈轉過頭去面向她，「不要，反正就讓我趴一下。」

「妳真的很奇怪耶，」吳茉莉轉過身去看著她，比出手指細數：「既不玩社團、也不翹翹課，甚至連戀愛也不談，妳都不覺得妳的大學生活過得太無聊了嗎？」

「有差嗎？反正都大二了，無聊不無聊也無所謂了，」坐起身，蒲竺薈整理了頭髮，將吸管插入早餐附的奶茶裡，繼續回應吳茉莉的問題，「我不參加社團是因為我覺得那個很無聊，與其要繳社費去做很無聊的事，我還不如利用那些錢、那些時間做自己喜歡的，發呆、放空，甚至在租屋處裡睡一下午我也甘願，我不翹課那是因為會有罪惡感，至於不談戀愛那是因為——」

蒲竺薈嘴裡的話還沒說完，一個熟悉的人影便映入她的眼簾，就在他們教室的前門，她還以為是她看到了幻覺而抬手用力揉揉眼睛。

「因為什麼？怎麼了啊？」吳茉莉見狀也覺得莫名其妙，一同往她的視線方向看去。

「甄、甄、甄柏言？」蒲竺薈驚喜地結巴，從座位上站起來走向他。

「你怎麼會在這裡？你不用上課嗎？你不是比我們早兩天開學嗎？你來我們學校幹麼？」可能是也有點被嚇到，蒲竺薈激動地問了一連串，她仔細回想，甄柏言這傢伙完全沒有說過他要來他們學校啊。

「幹麼這麼驚訝？我們是冤家，所以路窄不用太意外啊。」甄柏言輕輕捏了蒲竺薈的臉頰，覺得她的樣子有點傻呆萌。

蒲竺薈大力將甄柏言的魔手拍掉，不耐地回：「捏屁啊，你還沒回答我你為什麼會在這裡，不會你們學校也有什麼交換生之類的吧？」

「哪來的那麼多交換生，我轉學了，轉過來這間學校了。」

「你瘋了嗎？」蒲竺薈毫不手下留情地打了他的臂膀，「你學校那麼好你不讀，跑來我們這裡幹麼啊？」

那裡很好，可是沒妳的日子讓我很不好。

甄柏言心裡是這麼想的，自從上回蒲竺薈跑去他們學校交換後，他就這麼覺得了，這讓他更加確信，他還是要和蒲竺薈待在一起，這樣日子才會比較開心。

還有，胡文濱這個傢伙，這次他也要順道一起處理，一定要了去他對蒲竺薈的非分之想才行。

但明明已經表露自己對蒲竺薈的喜歡了，甄柏言依舊還是會嘴硬，「妳管我來幹麼，我高興啊。」

蒲竺薈也是一樣地執拗，回了他句：「不管就不管。」隨即轉身要走佯裝不理他。

「喂，」見狀，甄柏言趕緊拉住蒲竺薈，面露羞澀地說：「好啦，原因妳不都知道了嗎，因為妳在這裡，所以我也想在這裡。」

「你、你、你……」聞言，蒲竺薈被堵得說不出話來，只甩了兩個字：「滾吧。」就跑回座位了。

而一回到座位，在旁邊看了很久好戲的吳茉莉立刻好奇地問她：「那不是妳的那個竹馬嗎？怎麼會在我們學校？」

「他轉學過來了。」蒲竺薈拍拍胸口，順了順氣。

「轉學？」吳茉莉的驚訝好像也不亞於蒲竺薈，「那多麻煩啊？他要補多少學分、上多少課啊？」

「不會補太多，他轉的系一樣。」

「那為什麼？他被雷打到嗎？」

一想到甄柏言剛剛也不知道是不是胡謅的原因，蒲竺薈不禁臉熱，只好隨便塘塞地回了句：

「我不知道啦。」

…♡……♡……♡……♡…

打從甄柏言轉學過來後，每次吃飯他都會特地過來找蒲竺薈他們一起，起初吳茉莉會識相地藉故拉走胡文濱，但熟了之後也不客氣了，就像好朋友一樣一起玩樂、打鬧，假日也會約一約，四個人一起出遊。

而唯一最讓甄柏言難耐的地方，當然就是胡文濱這個人了。

他真的不懂為什麼胡文濱就像跟屁蟲一樣，蒲竺薈去哪他就跟到哪，除了忙社團之外，其他時間都和蒲竺薈黏在一起，這看在他眼裡，他真的覺得很不妥當。

這天，剛好蒲竺薈跟吳茉莉去上廁所，利用這個空檔，甄柏言喊了胡文濱。

「幹麼？」

「你覺不覺得你很黏人？你這樣會讓蒲竺薈會很困擾。」甄柏言說糊話的功夫真是一等一，明明就是他自己對人家有意見，還硬要賴給蒲竺薈。

「那不是你嗎？你才這樣覺得吧？」胡文濱當然知道甄柏言是在說他自己的感覺，況且這也不是什麼新聞或祕密了，所以他也能很有男子氣概地反擊：「因為我也喜歡蒲竺薈，所以你一看到我就覺得不爽，但是，你們在一起了嗎？沒有對吧，所以人人都有機會，你沒必要老是阻止我，也沒必要老是仗著自己跟她從小就認識，這是一場公平競爭。」

甄柏言被說得氣結，惱怒地差點七竅生煙。

胡文濱再多加了把勁，胸有成竹地嗆聲，說自己就是喜歡蒲竺薈。

看見胡文濱那意氣風發的口氣與模樣，甄柏言不禁開始緊張，但仍故作鎮定地反駁，「她不會喜歡你。」

「那也不干你的事。」

不願退讓的兩人，眼看戰火就要一觸即發，還好吳茉莉從廁所出來，把他們招了去，這才免了打起來的危機。

要知道，為了自己喜歡的人，人們可以很風皮，也可以很火爆。

然而，端看甄柏言和胡文濱現在的樣子，就可以知道他們一定是屬於後者。

「你們在幹麼啊？怎麼氣氛看起來這麼緊張？」待他們等了好一會兒，蒲竺薈才從容地從廁所裡走出來，一出來便察覺到這兩個傢伙不對勁。

「沒有啊，我們感情很好，你說是不是？」甄柏言勾住胡文濱的肩，言語裡透著威脅。

胡文濱也不惶多讓，伸出手勾住甄柏言，還偷踩了他的腳，「對啊，我們是好哥兒們，能藉由竺薈認識彼此真是太好了。」

「真的嗎？誇張耶你們。」蒲竺薈當然不信，可卻也沒有戳破他們，只帶著他們繼續往下逛。

因為佳節連假的緣故，蒲竺薈邀請吳茉莉和胡文濱到自己的家鄉作客，順便拉甄柏言一起來。

在逛街的時候，蒲竺薈邊介紹邊說：「其實我們這裡也沒什麼，就這一帶最好逛，這裡白天有店家在做生意，晚上則是由臨時擺販構成的夜市，算滿熱鬧的。」

「那也很不錯啊，雖然好像沒幾個攤子，但已經很夠逛了，」吳茉莉邊回應，邊拉著胡文濱說要去前面買可麗餅，「走啦，快點，跟我去。」

胡文濱不耐地拒絕吳茉莉，可最後還是被帶走了。

蒲竺薈見狀沒忍住地笑出來，嚷著這兩個人真像長不大的小孩。

「你們的感情都這麼好嗎？」甄柏言吃醋。

蒲竺薈挑眉，「對啊，我們從一入學就認識了，你忘了嗎？胡文濱就是我跟你說的那個陪我迷路的人啊。」

「他不只陪你迷路，他還喜歡妳。」

「……我知道啊，你也知道我知道不是嗎？」

「那既然妳知道的話，為什麼還要讓他靠那麼近？」

「喔，是嗎？原來是這樣啊。」蒲竺薈露出一個深高莫測的笑容，然後一大步、一大步地遠離甄柏言，還問得很故意，「我離你這樣夠遠了嗎？」

見狀，甄柏言馬上意會過來，快步追上蒲竺薈，「我的意思不是這樣。」

「喔，那你的意思是，你其實比較想離Jane遠一點？」

「蒲竺薈，」甄柏言無奈，原來在她眼裡，她依舊認為他喜歡Jane嗎？「我說過了，我和Jane之後只會是好朋友了。」

「那為什麼我一說Jane想見你的時候，你想也不想就來了？」原來蒲竺薈是想跟他算這筆帳啊。

這下甄柏言懂了，換他盯著蒲竺薈看，笑得深高莫測。

「幹、幹麼？」

「妳喜歡我。」甄柏言很肯定地說。

蒲竺薈懵了，被甄柏言的話唬得一愣一愣，想反駁卻又力不從心。

「對吧？」甄柏言一臉勢在必得的等蒲竺薈答案。

看著甄柏言堅定的眼神，蒲竺薈心跳速率直線上升，　顆拳頭大的心臟差點就要從嘴裡跳出來。

「我說中了？」甄柏言好壞。

蒲竺薈突然大喊一聲：「不知道啦！我什麼都不知道！」後便衝向前與吳茉莉他們會和，獨留甄柏言一人在後頭笑得好開心。

最後一次討厭你　溫柔只給意中人

似乎是最近的事，有八卦說甄柏言正與他們班名字叫李小苒的女生曖昧中，風聲之大，傳得整個學校沸沸揚揚。

「竺薈，妳都不在意嗎？那個傳言不知道是不是真的耶。」吳茉莉的消息一向最是靈通，就連一點點的風吹草動她都不放過了，何況是這樣的軒然大波。

「假的吧，」蒲竺薈老神在在，「他不是每天都跟我們一起吃飯嗎？如果真有什麼的話，八卦怎麼會沒有我們幾個的名字？」

「妳倒從容不迫，八卦的主角是他和他們班的人，我們系館又離他們系館這麼遠，也不能隨時監控他們，況且他只有午餐的時候會來跟我們一起吃，其他時間在他們那裡做什麼我們又不知道。」

「唉呦，妳的耳根子真的很軟，不會啦，他放學沒事幾乎都會來找我，如果真的有什麼事的話，他也會來跟我說。」

「嘖，」吳茉莉拍了蒲竺薈一下，跟她在一起久了也學會打人了，「畫虎畫皮難畫骨，知人知面不知心，還是注意一點喲。」

「喔。」幾乎是隨口亂答的，蒲竺薈仍然不在意，她還覺得奇怪，那些傳八卦的人可能都有問題。

全身上下都有問題。

…♡………♡………♡………♡…

是啊，本來蒲笁薈是打算不相信的，真的。

但親眼看見這一幕後，什麼都難說了。

原先大家約好要一起在學餐的麵店集合，可他們左等右等都還是不見甄柏言的蹤影，連打電話過去也沒人接，只得蒲笁薈親自過來找人。

蒲笁薈不來找還好，來這一趟她突然後悔為什麼剛剛不讓胡文濱代替自己來。

她要昏倒了，她看到了什麼？甄柏言正抱了個女生，還讓她親了自己的臉頰。

「甄柏言！」她沒忍住地衝過去，而且非常生氣，吃醋似的發怒，「你們在幹麼？為什麼我打了這麼多通電話你都不接？」

「喔，妳別誤會，」那個還賴在甄柏言懷裡的女生這麼說：「我剛剛頭暈了一下，柏言怕我摔倒，順手扶了我而已，只是可能扶得太大力，一個不小心順著拋物線就親到了。」

看著那女生故意的表情與動作，蒲笁薈沒來由地感到很不爽，帶著濃濃的火藥味回她：「那可以起來了吧？我看妳也沒摔著，可以離開甄柏言了吧？」

「喔，柏言謝謝你，幸好有你。」蒲竺薈覺得眼前的女生比陳于滋還要討人厭。可怎奈甄柏言不曉得是無心的還是真要討皮痛，他還很溫柔地回她：「沒事，不客氣。」

蒲竺薈越看越發地怒了，整個人都不對勁。

過了好半晌，甄柏言才想起要介紹人給蒲竺薈認識，「啊，對了，幫妳們介紹一下，這位是我們班的李小苒，我進來之後，她幫我很多忙。」

指著蒲竺薈，甄柏言繼續說：「這位就是蒲竺薈，和我是青梅竹馬。」

本來他還想補充說明除此之外，蒲竺薈還是他喜歡的人，但害怕蒲竺薈會生氣，只好作罷。可沒想到事與願違，他沒有說倒才真引起蒲竺薈的怒火，「青梅竹馬？」

李小苒沒慧根地插嘴，「對啊，我有聽柏言說很多關於你們事，你們從五歲就認識了，這不是青梅竹馬不然是什麼？」

蒲竺薈怎樣也沒想到自己聽完李小苒的話後會這麼激動，甚至還做出很不像她的事。她走上前，用力將甄柏言拽到自己身後，抬頭挺胸，「現在不只是青梅竹馬，而且我們還是男女朋友。」

說完，蒲竺薈女友力大爆發，牽著甄柏言大步大步地前往學餐，頭也不回地走了。

有那麼剎那，蒲竺薈突然好怕好怕。

好怕甄柏言會甩開手不要她。

一段路後，被拉著走的甄柏言化被動為主動，扣起蒲竺薈的手，語氣調皮地問道：「妳剛剛說我們是什麼？」

「有嗎？我什麼也沒說。」蒲竺薈臉紅得很明顯。

「有啊，妳明明說我們是男女朋友。」

蒲竺薈扭了一下手，試圖將自己的手抽回，但甄柏言卻牽緊緊，「放手啦，你有聽到還要問。」

「因為妳還沒跟我告白啊。」

「你很煩耶，我不喜歡你，一點也沒喜歡你啦！」

「有，妳喜歡我，比一點還要多的喜歡我。」

「我才不，剛剛那個女的說你跟她說了很多我們的事，這筆帳還沒跟你清算呢，所以你想得美。」

「哪有，我只跟她說我和妳從五歲就認識了而已，其他的都沒說啊，才剛交往就不信任自己的男朋友，這樣很母湯喔。」

「你才母湯，走開啦！」

雖然說是這麼說，但蒲竺薈卻一點也沒有要放手讓甄柏言走開的意思。

就這樣，這對看來不和諧的冤家總算走到了一起，真是可喜可賀。

…♡……♡……♡……♡…

但俗話說相愛容易相處難，在在印證於蒲竺薈與甄柏言的身上。冤家路窄的這件事在他們交往後並沒有比較改善。

一些雞毛蒜皮的小事，蒲竺薈都能和甄柏言計較，相比從前，甄柏言的滿腹委屈又更多了，可憐的是他還無處能訴苦，身邊的朋友、蒲竺薈的朋友大部分都站在他女朋友那裡。

唉，傳說中的妻管嚴還真是比鬼片可怕。

「又吵架啦，人家是越吵感情越好，但我怎麼看你們好像不是，你們要不要乾脆分手算了，感覺這樣甄柏言也可以早點解脫。」在蒲竺薈不曉得跟甄柏言吵了第N次架，回來與吳茉莉訴苦時，卻聽見她這麼說。

「妳到底是不是朋友啊，怎麼這回居然站在他那邊？」蒲竺薈嫌棄吳茉莉不夠有義氣。

「有啊，我一直都站妳這邊啊，可是這次甄柏言明顯是吃虧的那方，居然被妳說得好像錯了千萬遍一樣。」吳茉莉扶額，真的很受不了，同時她也不得不佩服甄柏言的耐性，居然能這麼忍受蒲竺薈。

「所以妳的意思是我的錯囉？他沒錯嗎？就是因為他我才會這樣的啊。」

「好好好，我的大小姐啊，別這麼生氣，也別這麼激動，喝口水、喝口水。」吳茉莉搖搖頭，遞了杯水給蒲竺薈，覺得甄柏言真把她給寵壞了，這下往後的日子難過囉。

「哼！我不要理他了！」又來了，又是這句話。

吳茉莉又搖搖頭，感覺蒲竺薈也沒什麼臺詞，「妳每次跟甄柏言爭執後就只會說這句，結果還不是沒幾下就和好了。」

「我、我我……」蒲竺薈被說得語塞，「我這次是說真的，真的！」

「喔，好喔，這樣啊。」吳茉莉敷衍地回答，她對這對情侶的爭吵從沒興趣介入，「你們自己好就好。」

「哼。」

蒲竺薈氣惱，哀怨為什麼這個世界好像沒人懂她，這回連自己的朋友都被拉攏過去，簡直就是豬隊友。

於是，不服氣的她只好點開手機，換找敏如吐苦水了。

……♡……♡……♡……♡……

這回她真的下定決心不理甄柏言，儘管甄柏言道歉了、說和了，她依然不為所動。

雖然也不是沒發生過，但自從他們交往後，蒲竺薈跟他冷戰很久的事就甚少發生。

飯席間，甄柏言對吳茉莉，還有已經從情敵變成哥兒們的胡文濱投去求救眼神。

聳聳肩，吳茉莉與胡文濱一副「愛莫能助，但我們心與你同在」的表情回應他。

「我吃飽了。」說完，蒲竺薈站起身，拉著吳茉莉與胡文濱去整理垃圾，刻意視甄柏言為無物。

見狀，甄柏言很無力地抓抓頭，最後只好什麼也不能做地回去宿舍。

回到宿舍後，他室友看到他這番行屍走肉的樣子也不禁搖了頭，「還沒和好？」

「你覺得呢？」甄柏言有氣無力。

「那怎麼辦？」

「我哪知道啊。」

嘆了嘆，甄柏言乾脆洗洗睡，至少夢裡的蒲竺薈對他還比較好。

才不像現實中那樣蠻橫、霸道、不講理。

…♡……♡……♡……♡…

蒲竺薈和甄柏言的冷戰依舊持續進行中，而且還越演越烈，甚有要分手的趨勢。

直至今日吳茉莉和胡文濱總算看不下去了，替甄柏言說話。

「好了吧，蒲竺薈，妳再這樣下去也不是辦法，該原諒人家了吧？」吳茉莉說。

胡文濱順著答腔：「對啊，妳這樣會讓我從羨慕甄柏言變成可憐甄柏言耶。」

「有什麼好可憐的？唉呀，不說他了，晚上我學姐邀請我去聚餐，叫我多帶幾個學弟妹去，你們跟不跟？」

吳茉莉搖頭，「我沒空，前幾天我們店裡有同事跟我調班了。」

看向胡文濱，蒲竺薈威脅的意味深長，本來那答應的頭已經要點了，卻暗地裡被吳茉莉踩了一腳。

「我記得胡文濱你們社團今天好像有活動對吧，」吳茉莉趕緊替他回話，「好像是什麼民謠彈唱會，不能缺席的吧。」

「喔，」雖然不知吳茉莉這是何意，但胡文濱還是很配合地說：「對對對，要去練習彈唱，所以沒辦法。」

「喔，好吧，那我自己去囉。」

蒲竺薈當然有看出他們兩人的異樣，可吃貨如她轉念一想，他們兩個不去，自己就能多吃點，這麼好康的事也就不強迫了。

於是她向他們兩人道別，速速回去準備準備。

「妳幹麼啊？我們的民謠彈唱會是下禮拜又不是今天。」

「嘖，難怪蒲竺薈不喜歡你，真的很笨耶，」吳茉莉敲了下胡文濱的頭，那恨鐵不成鋼的鄙視表情跟蒲竺薈有八成像，「我們要可憐一下甄柏言那小子，幫忙他啊，不然他這輩子別想蒲竺薈原諒他了。」

原來是這樣，胡文濱秒懂，「那怎麼辦？」

「聽我說，你們社團……」接著，一場為了好友著想的攻略就這麼展開，吳茉莉自信滿滿地計劃著，說什麼也要拯救甄柏言，因為她覺得他實在太可憐。

傍晚，蒲竺薈在去聚會的路上，她順道買了一些甜點準備去分享。
學姐家住在離市區有點遠的地方，所以她轉完公車還要再走一段路才會到達目的地。
但這一段路還真不得不說是有那麼一點可怕，或許是比較偏遠的關係，路燈沒幾根，狗倒無比多。
特別蒲竺薈又很怕狗，尤其是大隻的、黑的，光看就很兇。
月黑風高的夜晚，實在很不巧，她身處的這個地方四周圍很多黑狗，而且矛頭都向準了她手上的甜點，害她突然有點後悔為什麼要去買這些。
她瑟縮了一下，隨即告訴自己不要怕，勇敢地向前走了幾步，但大黑狗們全然不管蒲竺薈的恐懼，只盯著她的甜點朝她越靠越近。
蒲竺薈想死的心都有了，早知道她就不要為了吃而答應學姐的什麼聚餐。
幾乎是下意識地，蒲竺薈開始逃跑，可未曾料想她這麼一跑，後頭的數多隻大黑狗便也不跟她客氣，用著飛快的速度追趕上她，這讓她越跑越怕，卻又不敢停下，只能期盼腎上腺的激發能帶她脫離這個恐怖之地。
她跑得很快，大黑狗們也追得很緊，就在她跑到快虛脫的時候，前方突然冒出一群人，攜著棒球棍、青面獠牙，而且很明顯地衝著她。

蒲竺薈萬念俱灰，後有惡犬就算了，怎麼眼前還來了一群凶神惡煞，簡直是要逼死她。
在這瞬間她的身邊不曉得何時出現了個人，她的手被他拉著，是很熟悉的感覺。
他搶過她手上的甜點，將甜點往大黑狗們的方向拋去，帶著蒲竺薈躲到安全的巷子裡。
甄柏言將她護在身後，待大黑狗們跑走後轉頭對蒲竺薈說：「妳還好嗎？有沒有怎樣？」
蒲竺薈嚇傻了，絲毫不知道要怎麼反應，只能輕輕地搖頭。
「那就好，」甄柏言擁住蒲竺薈，「對不起，我來晚了。」
「嗚……」被甄柏言抱住後，蒲竺薈那恐慌、害怕的感覺終於得以釋放，在他的懷裡大聲嚎啕。
「別怕、別怕，我在、我在。」輕輕撫著蒲竺薈的頭，甄柏言溫聲哄著。
本來，他不知道蒲竺薈晚上有這麼一個聚餐，是吳茉莉和胡文濱說了他才知曉，而且他們還要自己跟著蒲竺薈，說什麼這條路上很危險，叫他一定要來保護蒲竺薈。
「甄柏言……」蒲竺薈咕噥著說：「對不起……我不會不理你，也不會再跟你吵架了。」
「好，」甄柏言欣慰地再將她抱緊一點，「我也有不對，對不起。」
費盡千辛萬苦之後，蒲竺薈總算跟甄柏言和好了，全是大黑狗們的幫忙呢。
至於吳茉莉和胡文濱的計畫，還有那群凶神惡煞嘛……
是這樣的，原本他們是計劃要請胡文濱社團裡的幾位學長裝作是附近的混混，出來嚇嚇蒲竺薈，好讓甄柏言能有英雄救美的機會，但眼下看來是不用了。
「等一下，甄柏言，我要帶給學姐他們吃的甜點……」

「那個再買就好了。」

「再買？這裡哪裡有在賣？」

「你們學姐說要聚餐，那裡的食物那麼多一定不缺妳這個甜點啦。」

「我當然知道不缺啊，但這是一種禮貌，我總不能真的去白吃白喝吧。」

「唉呀……」

「不管，甄柏言，反正你一定要把甜點生出來！」

唉，真的是，才剛和好沒多久，蒲竺薈又鬧起彆扭。

不過沒關係，儘管她再怎麼蠻橫、霸道、不講理，甄柏言都決定往後的日子要好好保護她。因為他知道，她其實就只是個怕狗的單純女孩而已，雖然很吵鬧，但卻很脆弱，也很善良。

…♡……♡……♡……♡…

「敏如！這邊這邊！」

轉眼間，Jane 的音樂會也來到了終場，本來在去年年底就要舉辦了，但因為行程關係而稍有延後。

敏如為了 Jane 的音樂會接連趕了飛機和火車，連休息都沒來得及就直奔音樂會的會場了。

「竺薈！好久不見！甄柏言呢？」

蒲竺薈幫敏如提了其中一袋行李，帶她走到預留的親友席，「他在後臺跟 Jane 的團隊討論要怎麼幫忙，本來我也要一起協助的，但因為之前有被燈具砸傷的經驗，所以 Jane 叫我乖乖聽音樂就好，什麼事也別做。」

「哈哈哈，」敏如大笑，「被嫌棄了妳。」

蒲竺薈打了敏如的臂膀，順帶送她一個白眼，「那還不都妳害的，那時候一直跟我說學長怎樣、向蔚嫻學姐又怎樣。」

「我才想說妳呢，妳自己看吧，最後妳還不是選了甄柏言，什麼喜歡林杰雁學長啊，那都是假象啦。」

「妳小聲一點啦，」蒲竺薈趕緊用手摀住敏如的嘴，「別亂說話，他們今天也有來，而且蔚嫻學姐也會上去表演。」

「喔喔，」敏如拔開蒲竺薈的手，調侃道：「是說，冤家路窄這句話還真的在你們身上應證了，妳當初說得多麼信誓旦旦，說跟甄柏言不可能就是不可能，看吧，妳現在還不是跟他走到一起了，所以旁觀者清啊，不要不聽旁觀者的話。」

「廢話少說，」蒲竺薈不耐，輕輕推了敏如一把，「趕快去妳的位置坐啦，表演都要開始了。」

「好啦，知道，那妳呢？」

蒲竺薈不好意思地說：「我……我去找一下甄柏言，馬上就回來。」

說完，蒲竺薈馬上跑到後臺找到甄柏言，問他：「你需要幫什麼忙嗎？」

甄柏言看了一下自己的領帶，對她說：「那，就再幫我打一次領帶吧，像那次那樣。」

「你這領帶打得很好啊，不用再重打了。」瞧了瞧甄柏言胸上完美的領帶，蒲竺薈這麼說：「這次技術進步了不少。」

「那也是妳教的，這個打法就是妳上次打的樣子。」

蒲竺薈失笑，「胡說八道。」

「真的啊，好啦，我看這種盛大的場面妳也坐不住，跟我去上面幫Jane拍照吧。」說著，甄柏言揹著相機和腳架，拉著蒲竺薈走上樓，找到一個視野絕佳的位置，架起相機開始執行他的工作。

不一會兒，臺上的知名主持人介紹嘉賓並致詞完畢，音樂會就開始了。

流暢悅耳的琴聲在Jane的指間穿梭，那優雅、迷人的樣子仍讓蒲竺薈無比動容。

可能是太過安靜的關係，甄柏言忍不住問：「怎麼了？」

「我想到之前你說你配不上Jane的話，所以我在想我是不是也有點配不上你，你那麼好、那麼溫柔，可我這麼霸道，缺點還一卡車也裝不完，但你還是願意留在我身邊，我在想，會不會有天你累了，然後就不要我了。」

聽完蒲竺薈的話後，甄柏言突然愣住了。

這是一種小孩終於長大了的感覺。

但蒲竺薈會錯意地繼續說：「你不用覺得不好意思啦，如果你想走隨時都可以跟我說，雖然我可能會難過，也很可能會由愛生恨，但我一定會放你走。」

「笨蛋，」甄柏言一把抱住她，並輕輕吻了她的額頭，「我不會離開妳，妳的蠻橫、霸道、不講理雖然是天生的，但有一部分是我慣出來的，所以我要負起全責，沒理由讓妳出去禍害別的男生，讓他們收拾我的爛攤子。」

「你很過分耶！」蒲竺薈羞赧地捏了捏甄柏言那沒有贅肉的腰間，「滾！」

「我不滾，我不會滾，而且我可是妳喪失了幾百幾千億換來的，我要是滾了，妳的損失就慘重了。」

「嘖，對齁，」蒲竺薈抬頭，對上甄柏言的眼睛，拍了拍他的臉頰說：「算你識相。」

甄柏言抬手握住蒲竺薈的手，比她還要更專注地看著她，接著慢慢、慢慢地低頭，直到兩人的額頭互相抵著。

蒲竺薈從沒這麼近地感受甄柏言的氣息，心臟跳得激烈、跳得瘋狂，似乎很期待甄柏言能做什麼，於是，她下意識地閉起雙眼。

可她等了良久，甄柏言一直不為所動，最後甚至還把頭移開，待蒲竺薈睜眼，看到的是甄柏言饒富興味的笑容。

「笑屁啊！不親就不親！你這輩子就都別親！」說完，蒲竺薈氣得轉身就要走，誰知甄柏言右手一拉把她整個人圈進懷中，左手扶著她的後頸，毫不猶豫地將她吻住。

良久，甄柏言念念不捨地離開蒲竺薈的唇，捧著她的臉說：「怎麼可能一輩子不親？妳太為難我了。」

「哼，我為難你？我都還沒找你算剛剛你耍賴的帳呢。」說著，蒲竺薈又往甄柏言的臂膀打了下。

「那這下算還清了嗎？」甄柏言睜著無辜大眼問道。

「還沒呢，」蒲竺薈說：「你要用這輩子來還！」

「好，一言為定。」

不止這輩子，還有之後的好幾輩子，甄柏言都決定要在蒲竺薈身邊。

他們相互依偎著，替Jane拍了好多好照片，隨著優美的琴聲，他們感覺到了幸福溫柔的樣子。

而這世界上總有個人，是你不後悔認識，且這緣分還勝過那幾百幾千億的樂透獎金。

【全文完】

番外　原來早就已喜歡

「你那款機器人是最新出的對不對？」

國小入學尚不久，還不太能適應新環境的甄柏言在出門上學前央求媽媽，讓自己把新買的機器人一起帶去學校陪伴他。

起初甄媽媽還不太同意，擔心讓甄柏言把玩具帶去學校會讓他上課分心，但拗不過甄柏言的堅持與保證自己絕對會認真，眼看再僵持下去就要遲到了，最終只好勉強答應。

而甄柏言也如他自己所保證的那樣，上課真的很專心，只在剛吃完午餐、距離午休還有一段時間時才低調地拿出來把玩，豈料還是被坐在隔壁的阿強發現。

甄柏言他並不吝嗇，也不介意跟別人分享自己的新玩具，但這位阿強同學可是出了名的破壞王，前天才剛把板擦機用壞，昨天又把置物櫃的鑰匙扭斷，看著他伸出想跟自己借機器人的那隻手，甄柏言忍不住打了個哆嗦。

「不、不太方便耶。」於是，甄柏言決定拒絕，這個才剛得到沒多久的全新機器人，要是被玩壞了他會很心痛的。

「借我玩一下嘛，好玩的玩具就是要和好朋友分享啊！」阿強窮追不捨，畢竟這款機器人他也垂涎了很久，但自家爸媽不讓買，如今隔壁同學就有他當然要好好把握，「借我玩嘛！借我玩嘛！」

「那、那好吧，」善良的甄柏言最後還是妥協，「那你小心一點喔，不要把它——」甄柏言那「弄壞」二字還沒說完，阿強就迫不及待地拿過他懷裡的機器人，開始咻咻咻地滿教室跑，過程中還加入了好幾個也對這款機器人有興趣的男孩一起玩耍。

「嗶嗶嗶……嗶嗶……嗶嗶嗶……」

「咻咻……咻咻咻咻咻……咻咻咻……」

「唧唧唧唧……唧唧……唧……」

就這樣，一隻機器人讓幾個男孩玩得不亦樂乎，霎時間教室內充滿了他們的歡聲笑語，只見甄柏言一臉擔憂地跟在他們身後，就怕有什麼閃失。

他們玩了一陣後，午休鐘聲即將敲響，見著沒發生什麼意外的可能，甄柏言總算稍微鬆口氣並找機會上前將機器人討回。

「還沒玩夠呢，」阿強把機器人拿到身後與甄柏言阻隔，「再玩一下下！」然後甄柏言就只能看著自己的機器人又讓他們帶出教室四處跑，直到發出「碰！」的一聲巨響，甄柏言才驚覺不妙，但也已經來不及了。

「不是我用壞的喔！」甄柏言焦急地跟著出了教室，看到那群人正圍在走廊底端，其中一個理著小平頭的男孩急忙否認。

「也不是我喔！」另一個戴著黑框眼鏡的男孩則指著阿強說：「剛剛是他弄掉的！」

「我我我……我也是不小心的！不干我的事！」阿強大力否認，不認為是自己的錯，是機器人自己要掉到地上的。

接著午休鐘響，大家鳥獸散，紛紛回到自己的座位上裝作若無其事，徒留甄柏言獨自面對那地上的破碎與殘骸。

看著方才還完好無損的全新機器人，不過才一轉眼就變成這般狼狽不堪的模樣，甄柏言的心彷彿千刀萬剮般，眼淚也已在眼眶打轉。

「在幹麼？午休了還不回教室，小心我等等就去跟老師告狀！」

為了被弄壞了的機器人，甄柏言已經心痛得不能言語，早就無暇思考現在是什麼時間、自己該待在哪裡，也就更不在乎會不會被老師罵的這個問題。

當下，他只覺得這個世界好煩，這個聲音的主人更煩。

「喂！我在跟你講話耶！」見甄柏言沒有理她，女孩直接走到他旁邊去，本還想喋喋不休的嘴，在看到他流下的眼淚後立即閉上。

「你、你沒事吧？在想媽媽喔？」甄柏言這才抬頭看清來人，原來是那個跟自己讀同個幼稚園的恰北北蒲竺薈，此時還咬著根他也很喜歡吃的棒棒糖。

「才不是！」甄柏言覺得蒲竺薈一定是笨蛋，他機器人都壞成這樣了，哪還有心情想媽媽啦！

「不然嘞？」慢了好幾拍的蒲竺薈這才發現到地上那被卸掉右手和雙腳，臉上還有些汙損的機器人，「吼喔！壞掉了！我要跟你媽媽說！」

「不是我弄壞的！」噢對耶！慘了慘了，這下壞了，慌亂的甄柏言這才想起還有自己媽媽那關，這機器人貴得要命，壞成這樣回家肯定要被扒皮，甄柏言只得趕緊澄清，「是被阿強他們玩壞的！」

「阿強那個破壞王你也敢借他玩？」蒲竺薈一臉驚嚇，對甄柏言敢借玩具給阿強的勇氣佩服得五體投地。

「我哪有什麼辦法。」聽了蒲竺薈的話，甄柏言就更無助了，眼淚撲簌簌掉得那是有夠悽慘。

「噢好啦，你別哭了，我這樣站在你旁邊，等等老師以為是我欺負你怎麼辦。」雖然平時都是蒲竺薈在欺負甄柏言沒錯，但此刻甄柏言哭的原因確實不是因為她，所以這鍋她不揹。

又過良久，看著甄柏言的眼淚還是沒要消停的趨勢，蒲竺薈把手探進口袋想再掏出一根棒棒糖給他，但口袋裡現在卻只剩下一顆巧克力。

「喏，」將巧克力塞進甄柏言手裡，蒲竺薈安慰：「別哭了，改天本小姐再幫你報仇。」

⋯♡⋯⋯♡⋯⋯♡⋯⋯♡⋯

「哎呀！我不是故意的！」

數月後，一陣熟悉的巨響換發生在阿強的座位上，彷彿一朝被蛇咬十年怕草繩那般，已有陰影的甄柏言滿是戒備，趕緊衝回去關切，就怕是不是自己的東西又被摔了。

「蒲竺薈妳在幹麼！那是我媽媽新買給我的機器人！我求她求很久她才買給我的！妳怎麼可以把它弄壞！」

甄柏言跑回座位後仔細探看，發現是阿強的新機器人倒在地上，模樣就跟當時自己被他弄壞的一模一樣。

「哎呀！我不知道啊！」蒲竺薈裝傻，還特地轉頭朝甄柏言擠眉弄眼，並故意這麼跟阿強說：「是你的機器人自己要掉到地上的，跟我沒關係！」

「怎麼可能它會自己掉到地上！蒲竺薈就是妳用壞的！」看到自己的寶貝失散一地，阿強當即放聲大哭，「蒲竺薈一定是妳用壞的！」

「噢，那甄柏言的機器人呢？」為了幫甄柏言報仇，蒲竺薈伺機良久，好不容易等到阿強也帶了隻機器人來學校獻寶，重點是這機器人還長得跟甄柏言的那隻超級像，她便借力使力，利用甄柏言那已無法修復的機器人來嚇唬他。

「不、不干我的事，」阿強繼續耍賴，「反正，他的不是我用壞的。」

「不是你用壞的？」見阿強還要狡辯，蒲竺薈的態度也強勢起來，「他的難道就是自己掉的？不是你弄壞的？」

「我我我……」阿強百口莫辯，瞬間變得支支吾吾。

「你到底要不要道歉？」蒲竺薈把甄柏言拉到阿強面前，「剛剛你自己也說機器人不可能自己掉到地上，所以甄柏言的機器人到底是不是你摔壞的？」

聽到蒲竺薈用自己的話這麼反駁自己，阿強臉色不變，有些惱羞成怒的感覺，見講不過蒲竺薈，就要出去告狀了，「我要去跟老師說！我要去跟老師說！」

說完阿強便衝出教室去尋找老師，只留下蒲竺薈、甄柏言，還有看好戲的同學。

「妳這樣把他的機器人摔壞真的好嗎？」看著阿強飛奔出去的背影，甄柏言雖然竊喜，卻也有些不安。

「你真的是眼拙耶，」蒲竺薈撿起地上那隻機器人，並說出實情，「這隻是你的，你認不出來嗎？他的根本沒壞，就在他自己的書包裡。」

「什麼？」甄柏言看著自己的機器人滿臉震驚，「所以他的沒有壞？」

「是啊，」蒲竺薈補充：「本來是也想直接把他的摔壞，但我怕我媽會打死我，就只好用你那個壞掉的嚇嚇他了。」

後來老師跟著阿強進教室，聽三人把來龍去脈說了次，當即明白是阿強的錯，要阿強跟甄柏言道歉，且也會把此事告知阿強與甄柏言的家長。

「太好了。」聽完老師的話後，甄柏言鬆了口氣，因為機器人被弄壞的緣故，甄柏言已被甄媽媽扣了兩個月的零用錢，現在終於可以為自己討回公道了。

「可是，」雖然事情圓滿落幕，但甄柏言對蒲竺薈還有疑問：「妳為什麼要幫我啊？妳不是很討厭我嗎？」

「對啊，我很討厭你，非常——超級——無敵討厭你，」說這話的時候蒲竺薈還誇張地拉長音，但隨後又霸氣補充：「不過很奇怪，看你被別人欺負，我就會覺得很不開心。」

這是第一次甄柏言覺得這個蠻橫、霸道、不講理的恰北北居然還有那麼點討喜，聽著她最後的那句，他忽然有種莫名的心動。

不只內心是熱的，就連口袋裡那顆上次蒲竺薈給他，他還捨不得吃掉的巧克力也是熱的。

此後，甄柏言覺得蒲竺薈對自己好像也沒那麼糟。

雖然蒲竺薈最後還是很壞地跟他說：「誰都不能欺負你，就只有我可以。」

【番外完】

後記　誰說冤家不能愛

這個故事是我在二〇一八年那時考完國考後寫的，因為剛考完人生大試，所以特別需要舒壓，於是這個氣氛輕鬆的快樂故事就這麼誕生了。

我很喜歡，非常喜歡竺薈還有柏言這兩個可愛的小傢伙，雖然他們很吵鬧，但很有趣，而且彼此都不太拐彎抹角，相處起來輕鬆自然，所以我也很羨慕他們能夠擁有這麼好的彼此。

本來我是沒有寫番外的打算，但校稿的時候發現玩具被阿強玩壞了的這個部分我好有畫面，好像竺薈應該會想做點什麼來保護柏言，果不其然，竺薈她就真的去幫柏言討公道，然後還順便送柏言一顆巧克力，讓柏言記憶深刻，並因此在當時種下了喜歡的種子。

而且，柏言他真的沒有騙竺薈，他說他小時候有一顆巧克力確實是女生送的，沒錯，就是這一顆，雖然他嘴硬說他忘記是誰送的了XDDD

因為這個故事我自己真的非常喜歡，風格也跟我平時不太一樣，所以我真的真的真的很希望能把這兩個可愛的小傢伙變成實體，因此真的非常感謝秀威、感謝我的責編芮瑜願意給我還有這個故事出版的機會，而且能跟芮瑜再次合作我真的好開心！我會繼續努力的！

我也很感謝這兩個小傢伙，因為準備投稿前，我又再重新校稿了一次，當時我現實生活中工作的部分烏煙瘴氣，只每天回家校稿時，看見笠薔跟柏言鬥嘴會開心，後來工作平靜了不久，又突發動盪與面臨選擇，我大半個月都在焦慮與擔憂中度過，幸好過稿的好消息來到，救我脫離泥沼，實在真的非常感謝芮瑜還有這個故事。

雖然人生很難，但謝謝總有一些美好會發生的出乎意料。

謝謝我的書封設計師也津，謝謝他依然在百忙之中接下了我的請託，也依然不厭其煩地鼓勵我。

謝謝看到這裡的大家，也祝大家都可以擁有像笠薔、柏言一樣，跟自己相知相惜的人。

那麼，我會繼續加油，期待我們下次還有機會可以再見！

2024/06/12，21:30

Lavender 於家中電腦前。

要青春118　PG3099

要有光
FIAT LUX

冤家路窄不意外

作　　者　Lavender
責任編輯　劉芮瑜
圖文排版　陳彥妏
封面設計　也　津
封面完稿　王嵩賀

出版策劃　要有光
發 行 人　宋政坤
法律顧問　毛國樑　律師
印製發行　秀威資訊科技股份有限公司
114台北市內湖區瑞光路76巷65號1樓
電話：+886-2-2796-3638　傳真：+886-2-2796-1377
http://www.showwe.com.tw
劃撥帳號　19563868　戶名：秀威資訊科技股份有限公司
讀者服務信箱：service@showwe.com.tw
展售門市　國家書店（松江門市）
104台北市中山區松江路209號1樓
電話：+886-2-2518-0207　傳真：+886-2-2518-0778
網路訂購　秀威網路書店：https://store.showwe.tw
國家網路書店：https://www.govbooks.com.tw
總 經 銷　聯合發行股份有限公司
231新北市新店區寶橋路235巷6弄6號4F
電話：+886-2-2917-8022　傳真：+886-2-2915-6275

出版日期　2025年1月　BOD一版
定　　價　320元

讀者回函卡

Printed in Taiwan

國家圖書館出版品預行編目

冤家路窄不意外 / Lavender著. -- 一版. -- 臺北市：
要有光, 2025.01
面； 公分. -- (要青春 ; 118)
BOD版
ISBN 978-626-7515-37-2(平裝)

863.57 113019678